I0635049

2,091

VOYAGES

du Docteur Festus.

VOYAGES ET AVENTURES

DU

DOCTEUR FESTUS.

IMPRIMERIE E. PELLETIER,
Rue du Rhône, 64.

VOYAGES

ET

AVENTURES

DU

𝔇octeur 𝔍estus.

Va donc, et choisis ton monde;
car, aux choses folles, qui ne rit
pas, bâille ; qui ne se livre pas,
résiste; qui raisonne, se méprend;
et qui veut rester gravé, en est
maître.

GENÈVE,

LEDOUBLE, LIBRAIRE,
Rue de la Cité.

AB. CHERBULIEZ ET Cᵉ,
libraires, en haut de la Cité.

PARIS,

AB. CHERBULIEZ ET COMPᵒ, LIBRAIRES,
Rue de Tournon, 17.

1840

PRÉFACE.

Si ce petit livre est lu de quelques personnes, ces personnes se demanderont peut-être comment et pourquoi il advient que l'on écrive des petits livres comme celui-ci.

En ce qui nous concerne, le fait est simple et de brève explication. Dans un siècle aussi sérieux que l'est le nôtre, il y a des heures où l'esprit éprouve un irrésistible ennui; il y en a même où tout ce sérieux lui semble folie, tant c'est peu récréatif, et où une folle gaîté lui semble raison, tant il y entrevoit de charme et d'amusement. C'est dans une de ces heures-là que le nôtre s'étant mis en campagne, fit tout d'abord la rencontre du docteur Festus, du Maire, de la force armée, et qu'il se plut infiniment dans la société de ces personnages. Cela étonnera bien ceux qui ne s'y plairont pas du tout.

Au surplus cette histoire extraordinaire a été composée d'après des procédés extraordinaires aussi. Figurée d'abord graphiquement dans une série de croquis, elle a été traduite ensuite, de ces croquis, dans le texte que voici. Aujourd'hui nous publions à la fois et séparément le texte et les croquis (1). C'est donc la même histoire sous une double forme, mais, comme l'observe finement l'Abbé de Saint-Réal, dans deux choses d'ailleurs semblables, ce qu'elles ont de différent change beaucoup ce qu'elles ont de semblable.

Nous ne sommes pas éloigné de penser que c'est communément l'auteur d'un ouvrage qui en sait le plus long sur les défauts et les imperfections de cet ouvrage-là : seulement il se garde bien de rien laisser transpirer de ce qu'il sait à ce sujet. Sans nous départir tout-à-fait de cette honorable discrétion, nous dirons pourtant qu'on trouvera dans ce livre des fictions d'une surprenante absurdité, quelques incongruités que le bon goût réprouve, et des incorrections de langage tout-à-fait propres à faire frémir les puristes dont notre ville abonde.

Va donc, petit livre, et choisis ton monde; car, aux choses folles, qui ne rit pas, bâille; qui ne se livre pas, résiste; qui veut raisonner, se méprend; et qui veut rester grave, en est maître.

(1) A savoir ce volume-ci; et un volume oblong, de même sorte que les *Histoires de MM. Jabot, Vieuxbois, Crépin, Pencil,* qui forment, avec l'*Histoire du docteur Festus,* les seules autographies du même auteur. Les éditions originales de ces autographies ne se trouvent qu'à Paris, chez Cherbuliez et Cᵉ, rue de Tournon, nᵒ 17; et à Genève, chez les principaux libraires.

VOYAGES ET AVENTURES

DU

DOCTEUR FESTUS.

Livre Premier,

Où le docteur Festus commence son grand voyage d'instruction, et où sont introduits plusieurs personnages de cette histoire, à savoir: Milady, Milord et l'Hôte du Lion-d'Or, Jean Baune et Pierre Lantara, le Maire, l'Habit et la Force armée.—Comme quoi, de nuit, le Syllogisme trompe.—Le grand rêve du docteur Festus.—Comment le Maire, après avoir verbalisé, harangua la Force armée.—Milord est laissé en chemise par Jean Baune et Pierre Lantara et Milady; aussi, par le fait des devoirs administratifs du Maire.

CE fut par un temps radieux que le docteur Festus mit ses gants de peau de daim pour commencer son grand voyage d'instruction. Le gant de la main gauche peta au moment où le pouce en

forçait les parois; aussitôt le docteur Festus en
tira un présage, selon la pratique des anciens dans
laquelle il était très-versé.

En effet, le docteur Festus savait tout ce qui
s'apprend au moyen des livres, qu'il lisait dans
vingt-deux langues, à l'instar de Pic de la Mirandole. Il ne lui manquait donc plus, pour mourir
parfaitement savant, que d'avoir vu le monde,
et c'est ce qui le porta à entreprendre son grand
voyage d'instruction.

Ce projet datait de treize mois, et le docteur
serait parti immédiatement après l'avoir formé,
sans un doute qui le prit au sujet de l'âne et du
cheval, à savoir lequel lui était préférable à enfourcher pour courir le monde: car il craignait la
voiture, en ce qu'elle est sans emploi pour passer
les rivières; et le bateau, en ce qu'il est le plus
mauvais véhicule connu, en terre ferme.

Le cheval le tentait, soit parce qu'il avait lu
l'article de Pline, soit parce qu'il possédait dans
son écurie une haute jument poulinière; d'autre
part, l'âne l'attirait, soit que cet animal lui parût
plus philosophique, soit encore parce qu'il avait
dans son écurie un magnifique âne de Provence.
Toutefois, dans l'un et dans l'autre il redoutait la
fougue des passions, le manque d'usage et le dé-
rangement des mœurs. Il resta donc en état de
doute pendant treize mois, au bout desquels, étant

...il y trouva un fort joli petit mulet.

entré un soir dans son écurie, il y trouva un fort
joli petit mulet.

II.

CE phénomène le frappa. Il y vit une invita-
tion surnaturelle à enfourcher un mulet pour son
grand voyage d'instruction, et, sortant de l'état
de doute, il se décida à attendre quatre ans encore, pour laisser grandir le mulet jusqu'au jour
radieux où nous voici arrivés.

Les gants mis, le docteur enfourcha, tout en
pensant en lui-même qu'il penchait en faveur des
Réalistes contre les Nominaux; après quoi, sur de
nouvelles réflexions, il pencha en faveur des Nominaux contre les Réalistes, et s'en allait oscillant
de l'esprit et de l'épine, sur son mulet, lequel
avait le trot dur, défaut qu'il tenait de son père.

Pendant ce temps, une mouche bovine qui
cherchait pâture, ayant aperçu le quadrupède
qui cheminait sur la grande route, vola droit à
la queue, sous laquelle elle s'insinua jusqu'à ce
qu'elle eut atteint l'intestin rectum, juste au moment où le docteur arrangeait la majeure d'un
syllogisme dont il tenait la mineure.

Le mulet se sentant buriné dans sa pellicule in-

testinale, fit trois sauts et quatre pétarades, défaut
qu'il tenait de sa mère ; après quoi, n'éprouvant
aucun soulagement, il prit le mors aux dents ,
et galopa pendant cinq heures d'horloge. Néanmoins, au bout de la seconde heure, la transpiration venant à détremper les sangles de la selle,
celles-ci s'étaient élargies de huit pouces, d'où la
selle avait fait mine de tourner, juste au moment
où le docteur liait la majeure à la conséquence,
au moyen de la mineure.

Dans cet instant critique, le docteur Festus dé-
libéra s'il tournerait avec la selle, ou s'il main-
tiendrait son centre de gravité dans la verticale
qu'il occupait; car il voyait des avantages particu-
liers aux deux alternatives. Toutefois, après avoir
soumis la question à des procédés de haute dialectique, il arriva à cette solution, qu'il devait
rester dans la verticale. Malheureusement, dès
le commencement du problème, il avait tourné
avec la selle, et il se trouvait collé au ventre du
mulet qui continuait à galoper.

III.

C'est dans cet état qu'ils arrivèrent devant l'hôtellerie du Lion-d'Or. La mouche bovine ayant

Malheureusement depuis le commencement du problème il avait tourné avec la selle....

alors évacué la place, pour se porter sur une truie
qui se vautrait dans la cour, le mulet s'arrêta,
et le docteur Festus prit terre : Excellente bête !
dit-il, et bien plus forte que je n'aurais cru. Et
quelque idée de Bucéphale venant à traverser
son cerveau, il sourit légèrement, pendant qu'il
ôtait ses gants de peau de daim.

Après que l'hôte du Lion-d'Or eut rentré la
bête, le docteur Festus entra dans l'hôtellerie, où,
ayant pris chambre, il se disposa à tenir note de
ce qu'il avait vu et observé durant cette première
journée.

IV.

Le docteur ayant tiré son carnet et taillé son
crayon, resta immobile pendant deux heures
d'horloge. Il faisait un travail d'esprit, récapitulant tout ce qu'il avait vu ; ce qui le conduisit à
réfléchir qu'au fait il n'avait rien vu que le poitrail de son mulet. Sur quoi, désireux pourtant
d'avoir vu quelque chose dans un voyage de pure
instruction, il prit sa bougie (il était 11 heures),
et s'étant rendu auprès de l'hôte qui était assis
dans la cuisine, il lui dit: Indiquez-moi, je vous
prie, où sont les curiosités ?

L'hôte n'avait ni une intelligence supérieure,
ni une ouïe très-fine, et de plus il sommeillait à
moitié lorsque cette question parvint à son entendement, extrêmement altérée, à ce qu'il paraît;
car s'étant levé en sursaut : Vous montez, dit-il,
cet escalier; après quoi vous tournez sur la gauche, jusqu'au fond du corridor, et vous les avez
là devant vous. Et il se remit à dormir au coin
du feu.

Le docteur suivit l'indication prescrite, et arriva auprès d'une petite porte suspecte. Là, des
miasmes alcalins, en frappant son odorat, irritè-
rent sa curiosité; par malheur, à peine entr'ou-
vrait-il la porte, qu'un violent courant atmos-
phérique, tout chargé de particules odorantes,
éteignit sa bougie, et le laissa dans une obscurité
profonde. Il n'avait eu que le temps d'entrevoir
trois illusions circulaires d'inégale grandeur, et
ces deux vers charbonnés sur la muraille du fond :

> Il n'y a que la canaille
> Qui mette son nom sur les muraille.

V.

Le docteur trouva ces deux vers frappans de
pensée et d'expression, surtout très-neufs; car lui,

« Vous montez cet escalier, après quoi vous tournez sur la gauche jusqu'au
fond du corridor, et vous les avez là devant vous.

Jusqu'à ce que ayant trébuché, il descendit un étage sur les reins.

qui avait lu soixante-deux mille volumes en vingt-
deux langues, ne les avait jamais rencontrés. Il
s'occupa aussitôt de les fixer dans sa mémoire,
après quoi il songea à retourner dans sa chambre,
ce qui était devenu difficile dans l'obscurité où il
était plongé. Après y avoir réfléchi, il formula le
syllogisme suivant, qui devait inévitablement l'y
conduire.

Je vais au n° 8, mais le n° 8 est ma chambre;
donc, en allant au n° 8, je vais dans ma chambre.
Et il se mit à aller hardiment, jusqu'à ce qu'ayant
trébuché, il descendit un étage sur les reins.

VI.

LA première chose que fit le docteur, arrivé au
bas de la pente, fut de remanier son syllogisme,
pour voir en quoi il péchait; car il ne pouvait se
dissimuler, d'après les sensations qu'il éprouvait à
chaque anneau de sa colonne vertébrale, que son
syllogisme renfermait quelque vice interne ou ex-
terne. Après l'avoir remanié par parties, il le trouva de nouveau excellent; toutefois, pour plus de
sûreté, il le modifia ainsi :

Je vais à ma chambre, mais ma chambre est
au n° 8; donc, en allant à ma chambre, je vais au

n° 8. Et il se remit en marche, avec moins de vigueur pourtant, car il avait l'os pubis influencé.

Après une longue promenade sur un parquet de
brique, le docteur s'aperçut au son de ses pas qu'il
entrait sur le plancher d'une chambre, et lui et
son syllogisme se sourirent mutuellement. Il ne
lui restait plus qu'à trouver son lit, et après avoir
délibéré s'il le ferait par la voie *a priori*, ou par la
voie de tâtonnement, il se décida pour ce dernier
parti, se souvenant dans ce moment que Bâcon,
dans son *Novum Organum*, recommande fortement la méthode d'observation.

Du premier coup de sa méthode le docteur ren-
versa un objet qui lui parut au bruit être du genre
table; mais, à une abondante aspersion qui humecta ses jambes et le plancher circonvoisin, il revint
de cette opinion, et tomba dans l'incertitude. Toutefois, s'étant baissé, il reconnut un liquide parsemé
d'éclats de faïence, ce qui lui fit juger que le corps
était d'une nature complexe. Alors, employant la
méthode d'exclusion, il se borna à conclure que
ce n'était pas son lit et passa outre, les deux bras
en avant.

Il arriva ainsi contre les vitres, où ses deux bras
se frayèrent un passage. Ce n'était pas son lit. Il
revint sur ses pas et donna dans la lampe, qui
donna dans la glace, qui donna dans la pendule,
qui lui donna sur le nez. Ce n'était pas son lit.

Mais à une forte aspersion qui humecta ses jambes, et le plan=
cher circonvoisin, il revint de cette opinion,

Ayant encore rebroussé, il donna dans un paravent, où il demeura engagé jusqu'aux omoplates,
en telle façon que ses deux mains erraient dans le
vide ultérieur. C'était justement son lit.

VI.

Du moins il dut le croire ; car outre la garantie
qu'il trouvait dans l'emploi simultané de deux
méthodes à la fois, ce qui ne permettait presque
pas d'erreur appréciable, il touchait réellement
un lit. Mais ce qui introduisit quelque confusion
dans l'observation, c'est que sa main gauche avait
attrapé le nez très-distinct d'une personne quelconque. A ce nez, le docteur revint à la méthode
de tâtonnement, et palpa cette tête avec le plus
grand soin, jusqu'à ce qu'ayant reconnu la présence de cent quatre-vingt-deux papillotes, il fit
plusieurs syllogismes, dont le dernier fut ce dilemme : Ou c'est un homme, ou c'est une femme ;
mais c'est une femme, donc ce n'est pas un homme..... et il en resta là ; car le dilemme était bon,
à la vérité, mais ne conduisait à aucune solution
prochaine.

VIII.

Au bout d'une heure et demie d'horloge, la personne bougea, s'assit sur son lit, se leva, et se mit à marcher dans la chambre ; sur quoi plusieurs solutions alternatives, également possibles, se présentèrent à l'esprit du docteur, qui résolut d'attendre les données que lui fourniraient les faits.

La personne entrant les pieds nus dans les flaques de liquide, articula indistinctement des paroles de surprise désagréable, et mania les briques de faïence avec désappointement ; ensuite elle revint avec l'intention apparente de retrouver son lit. Mais le docteur s'étant déshabillé, venait de s'y établir.

IX.

Du moins le croyait-il ainsi ; car, d'après les données que lui avaient fournies les faits, le docteur s'était déterminé à tourner le paravent, et là, ses mains avaient rencontré un obstacle.

Et aussitôt le Docteur Jésus entra en cauchemar......

C'était la grande malle de Milady, posée par les bouts sur deux chaises, en avant du lit. Elle se trouvait ouverte et garnie de moelleuses pelisses, de vêtemens soyeux, en telle sorte que le docteur y fourrant les mains avait conclu aussitôt que c'était le lit, et s'y était étendu, tout en souriant à l'idée qui lui vint d'un passage de l'Apolokintosis.

Milady, revenant des flaques, mit le pied dans la malle pour remonter sur son lit, et aussitôt le docteur Festus entra en cauchemar.

En effet, le pied de Milady s'étant fixé sur le sternum du docteur, à l'endroit où le diaphragme sépare la cavité thorachique de la région abdominale, il en résulta sur cet endroit une pression de cent soixante-quinze livres (poids de seize), qui influença péniblement le docteur.

X.

Aussi, comme il était à rêver paisiblement que, couché dans un pré, il voyait sur la croupe de son mulet la formule du Binome, tout-à-coup il rêva de plus qu'un énorme syllogisme, sous la figure d'un taureau à qui on aurait bandé les yeux, lui labourait les côtes à coups de sabot, dans le but de

2

lui imposer une conviction absurde au sujet du dit
Binome. Pendant ce temps, il voyait le grand Mé-
galosaurus fossile qui se mordait la queue par façon symbolique, figurant par là un immense cercle
vicieux ; puis il lui sembla que ce cercle vicieux,
se réduisant peu à peu en boule oblongue, se mettait à danser la bourrée sur sa cavité pulmonaire ;
et à chaque fois que la boule retombait, il voyait au
firmament trois cents séries de dix lieues de lon-
gueur, exprimant le nombre complet des permu-
tations qui se peuvent faire avec les lettres de l'al-
phabet sanscrit, combinées deux à deux et quatre
à quatre, tandis que sept mille trois cent quarante-
neuf Néoplatoniciens chantaient, en se pinçant le
nez, l'air de la Pyrrhique macédonienne sur le
mode phrygien.

XI.

C'ÉTAIT un rêve plein d'intérêt, mais très-fati-
gant. Aussi le docteur, en proie à une oppression
excessive, se livrait à des efforts pulmonaires immenses, aspirant et respirant avec l'intensité d'un
fort soufflet de forge. A la fin, une aspiration gi-
gantesque fit un vide si considérable dans le coffre,
que le couvercle, poussé par la colonne atmosphé-
rique, se referma violemment, et Milady éternua.

C'est de cette manière que dès le second jour, le Docteur Festus continua
son grand voyage d'instruction . . . .

XII.

En ce moment, Jean Baune, le repris de justice,
et pierre Lantara, vagabond, tous deux malfaiteurs de la commune, cherchaient un coup à faire
à propos de Milady qui avait bagues et joyaux. Ils
avaient dressé l'échelle contre la fenêtre, et trouvant les trous faits dans les vitres par le docteur,
ils y avaient passé les bras pour lever l'espagnolette.
Parvenus dans la chambre, ils jugèrent au poids
de la malle que c'était tout juste leur affaire. S'é-
tant donc mis à l'œuvre, ils furent bientôt en bas,
et l'emportaient à travers champs, sans autre témoin que la lune, qu'ils craignaient bien moins
que le plus exigu roquet qui aurait jappé contre
eux.

C'est de cette manière que, dès le second jour,
le docteur continua son voyage d'instruction, de
fort grand matin. Cependant le balancement du
transport, agissant sur son rêve, y apporta de
grandes modifications, qu'il importe de faire con-
naître. Il vit Pythagore à cheval sur l'anneau de
Saturne, qui s'y balançait comme sur une escar-
polette, tandis que les sept mille trois cent quarante-neuf Néoplatoniciens dansaient le pas de
basque. Non loin, Lucifer battait la mesure en lan-

çant, par un tuyau d'orgue, des aérolithes sur un
tambourin : le tout formait une danse oscillatoire
dans laquelle le docteur s'absorbait en une con-
templation harmonique.

XIII.

MILADY, en se réveillant, aperçut le désordre de
sa chambre, les habits du docteur et la place où
n'était plus la malle, sur quoi elle fit venir le Maire
pour verbaliser.

Le Maire verbalisa pendant cinq heures d'horloge. Il fit ensuite un plan graphique des lieux,
tels qu'ils avaient été laissés par l'auteur du crime,
avec les débris de la lampe, de la glace, de la
table et du pot; ayant soin aussi de bien s'assurer
du contour géographique de la flaque d'eau, avec
ses golfes, ses isthmes et ses îlots de faïence, ce
qui lui prit neuf heures d'horloge; après quoi il
inventoria les objets volés, les objets laissés, les
objets qui n'étaient ni volés ni laissés, puis ceux
qui étaient à la fois volés et laissés; faisant du tout
trois classes, avec appendice et renvois apostillés,
ce qui lui prit encore sept heures d'horloge, et
enfin il conclut :

1° Que le voleur devait être en chemise, puisque des habits d'homme étaient restés dans la chambre;

2° Que telles étaient les conséquences fatales d'une philosophie orgueilleuse ; que le crime prenait presque toujours sa source dans des pensées coupables ; que la jeunesse devait bien se pénétrer de ceci, que, hors de la vertu, il n'y a que vice et crime, et s'appliquer à remplir ses devoirs d'époux et de père, afin d'être un jour des citoyens utiles à l'État et à la patrie, qui avaient les yeux sur eux. Qu'au surplus, il convenait de rassurer la morale menacée, et l'ordre social ébranlé, en arrêtant promptement le coupable, et en le livrant instantanément à la justice, pour qu'il fût puni immédiatement. Après quoi le Maire alla dîner.

XIV.

Le dîner dura deux heures d'horloge, et la sieste autant, ce qui, avec les précédents, donna aux malfaiteurs vingt-cinq heures d'horloge pour se reconnaître un peu. Après quoi, le Maire, revêtant son habit de fonctions, fit appeler la force armée pour aviser aux mesures.

La force armée se composait de George Blême, dit *La Mèche,* fils de Louis Blême, quand vivait, garde-champêtre et taupier de la commune, mort pour avoir guetté une taupe durant huit jours et sept nuits dans un chemin creux.

Plus de Joseph Rouget, dit l'*Amorce,* fils de Gamaliel Rouget, quand vivait, marguillier de la commune, et mort pour avoir voulu, pendant que son fils sonnait l'*angelus,* regarder de trop près au batail de la grand'cloche.

C'était tout. On les avait équipés de neuf à la Saint-Martin ; à savoir : d'un fusil à baïonnette, et d'un pompon. La giberne pour l'autre année.

XV.

AYANT avisé aux mesures, le Maire se mit à leur tête pour faire une battue dans le bois. Toutefois, observant qu'ils manquaient d'ensemble par défaut d'accord, il leur fit marquer le pas pendant trois heures et demie d'horloge, en disant : *gauche, droite ; droite, gauche,* ce qui les faisait trébucher.

Remarquant cela, le Maire se fâcha, prétendant qu'ils gâtaient la manœuvre en voulant faire à leur tête ; il leur rappela que le soldat doit être passif,

Toutefois observant qu'ils manquaient d'ensemble par défaut d'accord..

ne pas écouter sa propre voix, et n'obéir qu'à celle
de ses supérieurs. Après quoi il recommença en
disant : *droite, gauche; gauche, droite*, ce qui les
fit encore trébucher.

Alors le Maire les prévint qu'il n'écouterait plus
que les inspirations de sa conscience, dictées par le
texte de la loi, et qu'il y aurait huit heures d'arrêts pour le premier, comme aussi pour le second
qui trébucherait. Après quoi il commanda : fixe !
puis : *gauche, droite; droite gauche*, et Blême et
Rouget tombèrent ensemble sur le nez. Le Maire
leur intima huit heures d'arrêts à chacun.

XVI.

Cependant Milord, qui avait passé sur le continent pour rejoindre Milady, n'était plus qu'à une
journée de l'hôtellerie de Lion-d'Or, lorsqu'il rencontra un homme à qui il dit : *Do you speak
english ?*

L'homme fit signe à son camarade qui était
dans le bois, et celui-ci s'étant approché, Milord
lui dit : *Do you speak english ?* Sur quoi les deux
hommes se regardèrent mutuellement, et Milord
les regardait tous les deux.

Pour sortir de cette situation, qui devenait à

chaque minute plus monotone, le premier des
deux hommes (c'était Jean Baune, le repris de
justice) fit un signe à l'autre, et tous deux ensemble saisirent tout-à-coup Milord, chacun par un
bras. Aussitôt celui-ci, par présence d'esprit, piqua
des deux, et le cheval partit au grand galop ; de
façon que Milord, retenu par les deux malfaiteurs,
tomba par terre. Aussitôt ils le dépouillèrent, ne
lui laissant que sa chemise.

XVII.

Jean Baune rattrapa le cheval de Milord qui
s'était mis à paître dans un pré de luzerne, et
l'ayant ramené dans la forêt, ils se mirent à continuer leur route, après avoir chargé sur le cheval
la malle de Milady.

Le docteur Festus dormait toujours dans la
malle ; mais son rêve avait encore subi de notables
modifications. Au moment où on l'avait déposé
dans le bois, il avait vu l'anneau rester fixe, Pythagore partir par la tangente, et les sept mille
trois cent quarante-neuf Néoplatoniciens tomber
sur le derrière. Mais lorsqu'on l'eut chargé sur le
cheval de Milord, qui allait l'amble, il rêva délicieusement que, porté sur une galère liburnienne

Il rêva délicieusement qu'il descendait le Cydnus, aux pieds de Cléopâtre
à qui il formulait un binome d'amour, au son de quarante huit basses
et un flageolet.

à cinq rangs de rames, il descendait le Cydnus aux pieds de Cléopâtre, à qui il formulait un binome d'amour, au son de quarante-huit basses et un flageolet. Un abyssin lui chassait les mouches avec une queue de phénix parfumée de nard d'Assyrie, et quatre Corybantes lui chatouillaient la plante des pieds avec un triangle isocèle ; en sorte qu'il éprouvait les plus délicates sensations.

XVIII.

Au bout de huit heures d'arrêts, le Maire avait repris sa battue dans le bois à la tête de la force armée, et il avait marché au pas de charge pendant sept heures d'horloge, lorsqu'il aperçut Milord en chemise, assis sur une fourmilière. Certain, d'après son procès-verbal, que le voleur devait être en chemise, il s'occupa aussitôt des dispositions d'attaque.

Il donna ordre à l'aile gauche (c'était Rouget), de faire un grand contour pour prendre Milord en flanc droit ; et à l'aile droite (c'était Blême), de faire un grand contour pour prendre Milord en flanc gauche : lui-même devait former le centre, et se porter en droite ligne sur le voleur.

Après avoir combiné cette manœuvre, le Maire s'essuya le front; puis, sûr de son affaire, il commanda : Marche !

Les deux ailes partirent; mais Rouget ayant pris le contour trop petit, se trouva en arrière de Milord, tandis que Blême l'ayant pris trop grand se trouva à vingt pas de Milord, qui lui cria : *Do you speak english ?*

Le Maire, voyant sa manœuvre compromise, sans bien comprendre pourquoi, rappela les ailes à son centre; puis, s'étant replié pour prendre du terrain, il se plaça derrière la force armée, à qui il commanda une charge à la baïonnette.

Milord ne comprenant pas d'abord l'intention de ces gens, leur cria : *Do you speak english?* mais il ne lui fut fait aucune réponse; en sorte que jugeant l'intention hostile décidément, il se plaça derrière un gros mélèze. Aussitôt le Maire dirigea sur le mélèze, en disant : Ferme ! et les troupes, pleines d'ardeur, poussèrent droit à l'arbre, dans le bois duquel elles s'enferrèrent de neuf pouces trois lignes et un douzième, et restèrent prises, quoique chargeant toujours.

Voyant le cas, milord se mit aussi à exécuter une manœuvre.

XIX.

Voyant le cas, Milord, qui avait déjà ramassé un sauvageon noueux, se mit aussi à exécuter une manœuvre. Pendant que les ailes étaient engagées, il poussa droit au centre, qu'il culbuta au moyen d'un moulinet très-nourri ; puis, revenant sur les ailes, il les attaqua chacune de flanc avec le sauvageon, leur en caressant les reins durant trois quarts d'heure d'horloge. Il rebroussa ensuite sur le Maire qui cherchait ses dents parmi le gazon, et, l'ayant dépouillé de son habit de maire, il s'en revêtit et le laissa en chemise sur le pré ; après quoi il s'éloigna.

La force armée, voyant l'habit s'éloigner, se livra à des mouvements inquiets, comme font les hirondelles en cage au temps des migrations, et se trouvant dégagée par suite de ces mouvements, elle suivit l'habit, et reprit sa discipline.

XX.

Cependant Milady, que nous avons laissée à l'hôtellerie du Lion-d'Or, ne voyant pas arriver

Milord, en éprouvait une extrême inquiétude. Au cinquième jour, ayant eu un pressentiment, elle se décida à aller à sa rencontre sur le mulet que le docteur Festus avait laissé dans l'écurie. Elle dit donc à l'hôte de lui donner un fort picotin d'avoine, et de le tenir prêt pour le lendemain, vers six heures du matin.

Vers cinq heures, l'Hôte était dans la cuisine, épluchant une cuisse d'ail de Provence. Quand elle fut épluchée, il alla l'insérer proprement au coin d'où était sortie la mouche bovine, ayant éprouvé, durant une longue pratique, que ce procédé donnait aux bêtes chevalines un feu et une vigueur que l'avoine ne leur donnait certainement pas. Seulement, pour ne pas contester avec les préjugés des gens, il leur portait en compte l'avoine, comme tout autre hôte, ne voulant se particulariser en rien.

A six heures Milady enfourcha. L'Hôte tenait à deux mains le mulet, qui manifestait une étonnante disposition au saut et à la pétarade (défaut qu'il tenait de sa mère). A peine l'eût-il lâché, qu'il fit trente-six bonds, douze écarts et huit ruades, et l'Hôte cria à Milady : Ce n'est rien, bonne dame, c'est l'avoine qui le rend gai ; allez toujours, la bête ne veut pas vous rien faire ! Alors le mulet galopa pendant sept heures d'horloge, faisant quatre lieues à l'heure, jusqu'à ce que, arrivé à l'endroit où nous

avons laissé le Maire, il s'arrêta par le fait de la
cuisse d'ail qui venait de tomber.

XXI.

Milady voyant un homme en chemise le prit
d'abord pour son voleur; ensuite elle le prit pour
un homme en chemise, ce qui lui fit baisser les
yeux; enfin elle le prit pour le Maire, ce qui lui fit
faire un éclat de rire très-pénible pour celui-ci,
qui avait l'air extrêmement déchu et mortifié.

Mais, pendant que Milady riait, il venait au Maire une détestable pensée, qui se parait à ses yeux
des couleurs séduisantes de la justice et du devoir.
Pressé par ses devoirs administratifs, il se figurait
avec angoisse l'état affreux de sa commune, depuis
quatre jours privée de maire ; et considérant d'autre part que sa dignité lui défendait de s'y présen-
ter en chemise, l'idée d'y rentrer déguisé sous les
habits de Milady lui souriait infiniment. A la fin,
fortement sollicité, il saisit le sauvageon noueux,
imita de son mieux le moulinet de Milord, abattit
Milady, et la dépouilla, tout en l'assurant qu'en
tout ceci il n'agissait que par des motifs respectables, en vue seulement du bien public, et sans au-

cune intention de lui déplaire ou de lui faire le moindre mal. Après quoi il s'habilla et reprit le chemin de sa commune en méditant trois procès-verbaux, deux ordres du jour et cinq battues, soit contre Milord, soit contre la force armée.

FIN DU PREMIER LIVRE.

𝕷𝖎𝖛𝖗𝖊 𝕾𝖊𝖈𝖔𝖓𝖉,

—

Où le docteur Festus continue son grand voyage d'instruction.
—Mort de Pierre Lantara, et comme quoi le docteur entre dans
la meule de foin de George Luçon, où il est en butte à un dilemme
captieux et insoluble.—Comment l'Habit, après avoir commandé
la Force-Armée, passe de dos en dos, et finit par rester sur celui
du docteur.—Comment fut fondée la grande fourmilière du roc
de Mortaise.— Comment la Force armée perd sa discipline.—
Comment le Maire fit une apostrophe qui ne réussit pas.—Le
grand rêve normal du Maire. — Milady retrouve ses habits et
poursuit dans la direction de l'ouest.

I.

Pendant que ces choses se passaient, le docteur
Festus continuait son voyage d'instruction dans la
malle de Milady. Il n'avait pas tardé à se réveiller,
mais se trouvant dans l'obscurité, il en avait conclu qu'il ne faisait pas encore jour, et s'était mis à
sophistiquer mentalement, en attendant l'aurore
aux doigts de rose. A propos de l'aurore, il vint
à songer aux deux vers qui l'avaient frappé la
veille, et dans l'état de satisfaction où il se trou-

3

vait, une velléité poétique se vint loger comme
une mouche bovine dans un recoin de son cerveau. Il jugea opportun d'ouvrir son grand voyage
d'instruction par un à propos versifié, et, tout en
attendant l'aurore pendant treize heures d'horloge, il fit le quatrain suivant :

> Sur un mulet courir la terre,
> Courir la terre sur un mulet ;
> Et du mulet sauter à terre,
> Et remonter sur son mulet.....

Le docteur fut très-content de ce quatrain. En
effet, y appliquant toutes les règles des meilleurs
traités connus de versification, il le trouvait avec
raison sans défaut; la rime riche, la mesure exacte, le sens clair et complet, et l'expression poétique ; car il se rappelait que le mot *mulet* est em-
ployé par Homère dans le premier chant de l'Ilia-
de, vers 48. Aussi, après l'avoir composé de verve
en français, il le traduisit dans les vingt et une
autres langues, éprouvant le sentiment délicieux
que personne autre que lui, dans le monde, n'était
en état de faire un pareil travail, depuis la mort de
Pic de la Mirandole.

II.

CEPENDANT Jean Baune, le repris de justice,
tout en fouettant le cheval de sa gaule, songeait
en lui-même qu'il n'avait plus besoin de Pierre
Lantara, si ce n'est pour partager, ce à quoi il ne
tenait pas. De façon que s'étant laissé devancer de
trois pas, il lui déchargea son pistolet dans l'occiput.
La balle perça le crâne, coupa l'os hyoïde, perfora
le palais, effleura les papilles nerveuses du cartilage
nasal, puis faisant un ricochet contre les os fron-
taux, s'arrêta dans le lobe gauche du cervelet; et
Pierre Lantara tomba par terre, exhalant sa scélé-
rate vie sous le coup d'une main plus criminelle
encore que la sienne.

A l'ouïe du coup de feu, le docteur Festus y appliqua aussitôt toutes les lois de l'acoustique pour
reconnaître à quelle distance et dans quelle direction le coup était parti : si c'était dans la cuisine de l'hôte, dans le grenier de l'auberge, ou
dans la cour, ou enfin dans la chambre aux curiosités; et il allait formuler une conclusion, lorsqu'à l'ouïe d'un nouveau bruit, il se décida à attendre les nouvelles données que lui fourniraient
les faits.

Ce bruit était celui que faisait Jean Baune, le repris de justice, pour ouvrir la malle. A peine eut-il levé le couvercle, que, voyant un homme bien éveillé qui le regardait faire, il lui braqua dessus son pistolet, par bonheur déchargé récemment; tandis que le docteur Festus, se croyant encore dans son rêve, le prenait pour un néoplatonicien de mauvaise mine. Mais à la vue de Jean Baune qui rechargeait son pistolet, le docteur crut rêver qu'il se sauvait à toutes jambes, et effectivement, après une course impétueuse de deux heures d'horloge, voyant dans une prairie des meules de foin, il s'y cacha, suspendant ainsi pour cause majeure son grand voyage d'instruction, jusque là si heureusement commencé.

III.

Le docteur, enfoui si subitement dans sa meule, ne savait trop que penser. Il croyait veiller; mais d'autre part il croyait rêver, ce qui le conduisit à faire une série de syllogismes dont le dernier fut un dilemme continu, indéfini, insoluble qui lui donna beaucoup de mal (le dilemme lui était en général funeste), et qui lui faisait tourner la tête, comme la rivière, une roue de moulin. C'était ce-

— Il lui braqua dessus, son pistolet, par malheur déchargé récemment.

RT.

Le foin est lourd cet' année.....

lui-ci : ou je dors ou je veille ; mais si je veille, je
ne dors pas, donc je veille ; mais si je dors, je ne
veille pas ; donc je dors (et il s'embrouillait); donc
je veille ; donc je dors ; mais je veille, donc je ne
dors pas; et ainsi de suite durant trois heures d'horloge.

Au bout de ce temps, une sensation le tira de là.
C'était comme un objet terminé par trois pointes
dures et lisses comme des dents œillères d'un san-
glier. Cet objet, s'insérant de part en part dans la
région postérieure de sa culotte, la souleva, lui fit
décrire un arc de cercle, et la déposa, lui inclus,
sur une surface élastique et molle.

C'était George Luçon, dit *le Trèfle*, qui faisait
ses foins avec les ouvriers de la ferme, afin de pro-
fiter du sec, et serrer pour l'hiver. Il avait planté sa
fourche dans la meule et chargé le docteur tout em-
paillé sur le char, se disant: Le foin est lourd ; c'tte
année; cinquante livres feront le quintal. Quand
ils eurent tout chargé, l'on piqua les deux bœufs,
et le docteur recommença à voyager pour son instruction jusqu'à la fenière de George Luçon, où il fut
hissé avec le foin.

IV.

Nous avons laissé Milord s'acheminant vêtu de
l'habit du Maire, et la force armée suivant l'habit

par instinct de discipline. Tout en cheminant,
il éprouvait de grandes migrations sur le ventre,
sur le dos, sur le flanc, sous l'épaule et par les reins
alors il se souvint de la fourmilière, et comme il était
arrivé au bord du grand canal, il forma le projet de
s'y baigner pour noyer les fourmis. S'étant déshabillé au pied d'un saule, il se trouva couvert de soixante-trois mille fourmis; dont treize mille huit cent
vingt-neuf portant leurs œufs, et les autres des brins
de paille, à dessein de former une société nouvelle
dans le local de son individu. Aussitôt Milord se
jeta à l'eau ; mais auparavant il avait appendu à une
branche du saule l'habit de maire surmonté du chapeau, ce qui formait une espèce de Maire aérien
assez semblable à ces magistrats, qui, dans les
champs, gardent le blé mûr contre les moineaux.

Aussi la force armée voyant Milord d'un côté,
le Maire de l'autre, ne s'y trompa pas. Elle sentit
bien (il y a un instinct dans les masses) que son
chef véritable était au saule, et au lieu de se jeter
à l'eau, elle s'aligna à dix pas, et garda une exacte
discipline. En ce moment, un souffle de vent
ayant soulevé la manche droite de l'habit, la force
armée fit demi-tour à gauche, pas accéléré ; et,
sur un nouveau mouvement, fit halte, et présenta
armes avec une étonnante précision. Puis, le
vent ayant beaucoup fraîchi et livrant l'habit à des
mouvemens désordonnés, la force armée, toute

Elle sentit Iien, (il y a un instinct dans les masses) que son chef
véritable était au Saulis.

tremblante de bonne volonté, fit la charge en douze temps, reprit l'arme au bras, croisa baïonnette, et s'avança au pas de charge, fixant du coin de l'œil le terrible Maire qui continuait à montrer une extrême irritation ; jusqu'à ce que le chapeau étant tombé, la force armée se jeta contre terre et demanda quartier.

V.

CEPENDANT, Milady dépouillée par le Maire errait en chemise dans le bois, et dans sa douleur elle se trouvait malheureuse d'être une Milady. Elle n'avait aperçu par les taillis que des charbonniers, auxquels elle n'avait osé confier le secret de sa misère, en sorte qu'elle fut sur le point de s'évanouir de joie, lorsqu'elle aperçut de loin un habit complet suspendu à un saule, vers le bord du grand canal. Elle accourut aussitôt pour s'en revêtir, et s'éloigna promptement avec l'intention de demander l'hospitalité dans la première maison qu'elle rencontrerait, et d'y attendre des vêtemens qu'elle ferait chercher.

La force armée suivit l'habit, et ils arrivèrent ainsi à la ferme de George Luçon, dit *le Trèfle*, qui leur offrit de bon cœur son fenil et son foin. Milady épuisée s'y étendit avec délices, après

avoir suspendu à la muraille l'habit auprès duquel
s'aligna la force armée.

VI.

Durant ce temps, le docteur Festus, quoique en
chemise, éprouvait une chaleur délicieuse, et se fût
trouvé parfaitement heureux dans son foin, sans la
circonstance de son dilemme insoluble. A la fin,
résolu d'en finir à tout prix, il composa un plan
d'expérience auquel il ne tarda pas à donner exé-
cution. La première chose à faire était de reconnaître le milieu ambiant. A cet effet, il entreprit avec
les bras un système régulier de mouvemens rota-
toires ellipsoïdes qui embrassaient l'espace compris.
Du premier coup de sa méthode, sa main gauche
attrapa le dos d'un rat, ce qui lui causa une sensation moitié pelisse, moitié soie, tandis que sa
main droite saisissait, d'autre part, le nez très-distinct d'une personne quelconque (c'était Milady).
Il reprit bien vîte la méthode de tâtonnement, et
compta cent quatre vingt-deux papillottes autour
de ce nez. Alors tous ses doutes furent levés, et,
éludant habilement un dilemme captieux qui
pointait dans son entendement, il poussa droit à
cette conclusion définitive, qu'il était encore cou-

Il aperçut l'habit à la muraille, les deux factionnaires auprès, milady etc.

ché dans sa chambre, à l'hôtellerie du Lion-d'Or, deux étages au-dessus de son mulet, un étage au-dessous de la chambre aux curiosités, et il se remit à attendre l'aurore aux doigts de rose.

VII.

MAIS lorsque l'aurore aux doigts de rose vint éclairer la fenière de George Luçon, et que le docteur s'apprêtant à revoir le plafond de sa chambre, ne vit que la grossière charpente d'une toiture champêtre, à laquelle étaient suspendues mille deux cent soixante-trois toiles d'araignées, il retomba de nouveau dans son dilemme continu, insoluble, indéfini. S'étant assis, moitié rêvant, moitié veillant, il aperçut l'habit à la muraille, les deux factionnaires auprès, Milady endormie, et un rat dans sa main. Alors il rêva que son premier soin était de classer le rat qui se trouva être une variété du *mus œconomus*, après quoi il rêva encore qu'il endossait l'habit du maire, et qu'il sortait dans la campagne après avoir mis son rat dans sa poche. La force armée suivit l'habit.

VIII.

Milord s'était amusé à nager dans le grand canal, après y avoir laissé les fourmis. Celles-ci ne périrent point, mais voguant les unes sur leur brin de paille, les autres sur leur œuf, elles profitèrent du même vent qui avait agité l'habit du maire, pour atteindre à l'autre rive où elles prirent terre par le plus beau temps du monde. Là s'organisant par centuries et décuries, elles formèrent une marche régulière, et, traversant le pré de Joseph Sandoz, elles franchirent pendant la nuit la grande route de Cerlin, (passant sur le corps de Louis Renan, dit *le Quarteron*, qui revenant des fiançailles de Toinette Redard, s'était couché dans l'ornière pour avoir trop bu de clarette); puis, longeant le marais de Chédal, elles vinrent fonder la grande fourmilière qui se voit encore au pied du roc de Mortaise, sous lequel est leur grand grenier central pour les cas de famine.

Pour Milord, ne trouvant plus que sa chemise au saule, il était entré dans une rage concentrée qui peu à peu, s'étant creusé une issue, s'échappa en une débacle immense de jurons, à commencer par celui de Guillaume-le-Conquérant après la

bataille de Hastings, et à finir par celui de Castle-
reagh approchant le rasoir de son mastoïdien; de
telle façon qu'on y reconnaissait les traces de
trente-six dialectes distincts, angles, pictes, sa-
xons, normands et autres, et huit sous-dialectes
avec leurs variétés distinctives. Après quoi, il cueillit un sauvageon noueux, et encore furieux il tomba
sur un troupeau de moutons qui n'en pouvait
mais; imitant ainsi l'exemple d'Ajax fils de Téla-
mon, lequel se prit des torts de l'industrieux
Ulysse, à des béliers camus. Les moutons s'enfuirent à la ferme qui était celle de George Luçon, dit
le Trèfle, et y arrivèrent au moment où le docteur
Festus, moitié rêvant, moitié veillant, en sortait
au point du jour.

IX.

MILORD, à la vue du docteur qu'il dut prendre
pour le voleur de son habit, recourut au moulinet dans lequel il était expert, et froissa rudement le docteur; ce qui fit grand bien à celui-ci,
en retirant son attention du fond du dilemme où
elle était profondément enfoncée, comme un per-
çoir dans un tuyau de fontaine. Mais Milord voyant
la force armée qui chargeait sur lui pour défendre
l'habit, revint sur elle; pendant que le docteur

Festus, moitié veillant, moitié rêvant, se déro-
bait pour toujours au moulinet, en se cachant dans
le creux d'un arbre miné par les ans.

X.

MILORD ayant abattu la force armée, revint au
docteur pour s'emparer de l'habit, mais le trouvant disparu, il se mit à sa poursuite, faisant une
battue et fouillant les buissons avec son sauvageon
noueux.

La force armée restait sur le terrain fort mal-
traitée par le moulinet. Au bout de deux heures
d'horloge elle se releva, et ne voyant plus l'habit,
elle se livra aussitôt à l'indiscipline la plus grossière; partant du pied droit, divergeant dans sa
marche, et se frappant du talon le derrière, et du
genou le menton. Elle allait à travers champs,
gâtant les haies, perçant les clôtures, abattant les
choux, couchant les seigles, enfonçant les semis,
perturbant les basses-cours, effrayant les grenouilles, disjoignant les rigoles, et rompant les
gerbes; de telle sorte que les paysans lui juraient
après, et de derrière les haies lui lancèrent onze
cent trente-trois carottes, et des noyaux de pêches
à pleins sacs.

XI.

C'EST dans cet état qu'elle vint à rencontrer le Maire, qui, sous l'habit de Milady, regagnait sa commune. A la vue de tant d'indiscipline, ce respectable magistrat sentit le texte de la loi lui apostropher la conscience, et une bile aigrie lui remonter du foie jusqu'aux confins du gosier, où, depuis ce jour, il lui en resta toujours la mesure d'un dé à coudre, ce qui lui donnait une expression de pituite recuite. Dans son indignation, il vint se poster en face des rebelles, et à l'exemple de César qui ramena ses légions au devoir en les appelant *Quirites*..... Gredins! leur dit-il; mais la force armée, ne voyant plus l'habit, lui passa sur le ventre, et alla outre.

Le pauvre Maire restait gisant, et dans sa douleur il se trouvait malheureux d'être maire. Il ravalait avec amertume des textes de loi tout entiers, qui, lui gonflant le cœur, cherchaient à s'exhaler au dehors; et la seule chose dans laquelle il trouvait quelque consolation, c'était de songer que du moins il n'avait pas été insulté dans l'exercice de ses fonctions.

XII.

Cette idée lui donnant quelque force, il se leva et se mit à errer, livré à une mélancolie profonde, pendant laquelle il rédigeait mentalement un procès-verbal de toute force. Comme il passait devant la ferme de George Luçon, il se dépêcha de parapher mentalement son procès-verbal ; puis, se rappelant qu'il était abîmé de fatigue et de faim, il demanda abri et déjeûner. Sur quoi George Luçon qui était à traire sa vache devant l'étable, lui offrit de bon cœur son lait et sa fenière. Le maire but six pots de lait chaud, après quoi George Luçon le conduisit au fenil, tenant d'une main son seau de lait plus blanc que neige, et de l'autre lui montrant l'échelle. Le Maire y grimpa, et s'étant dépouillé des vêtemens de Milady, s'étendit dans le foin et s'endormit aussitôt.

C'est ce jour-là qu'il fit son grand rêve normal. Il fut ravi en extase dans une commune où il s'assit sur vingt-six volumes d'archives, constatant l'acquisition par ladite, de trois fontaines coulantes ; vingt pieds de haie vive, et deux chemins vicinaux ; le tout par prescription ou saisie, tant sur le propriétaire que sur les hoirs. Pendant qu'il était ravi en extase, il vit un procès-verbal de huit pieds de haut, dansant la matelotte avec la déesse Thémis, qui, à lui maire, lui avait durant ces instans, confié sa balance. Tout autour, trois cents huissiers en robe courte chantaient les cinq codes sur l'air de Marlborough, avec une plume de paon sur l'oreille gauche, et un exploit en fa-çon de jabot. Trois mille cinq cent-quatre textes de loi encore inconnus cuisaient dans une marmite de parchemin, dont soixante-deux clercs léchaient les parois pour attraper la bouillie descendante. Tels étaient ces beaux lieux. Mais au milieu de la fête, il vit une force armée qui fumait la pipe près d'un magasin à poudre, pouffant la fumée dans les yeux d'un respectable caporal à chevrons. Alors ne pou-vant se maîtriser, il courut sus, et les ayant tou-chés seulement du fléau de la balance, ils furent instantanément changés en conscrits fusillés, et il s'absorba dans une satisfaction interne tellement vive, qu'il en transpirait des conclusions, des arrêts et des prises de corps; tout en ronflant d'une telle véhémence, que Milady en fut réveillée en sur-saut vers midi de ce jour.

Milady ne trouvant plus l'habit du maire que le docteur Festus avait revêtu, se prit à pleurer de détresse et de modestie souffrante, jusqu'à ce qu'ayant aperçu ses propres vêtemens déposés par le Maire, elle éclata en transports joyeux, car

elle avait les passions vives, défaut qu'elle tenait de
son père, lequel était mort d'une allégresse rentrée.
Elle fit donc huit grands sauts de joie, ignorant
entièrement qu'elle bondissait droit sur le diaphragme du Maire. Celui-ci, corpulent de sa nature, était descendu sous le foin, comme un pavé
chaud dans du beurre, ce qui empêchait Milady
de l'apercevoir. Mais au bond qu'elle fit, il entra
en cauchemar, et il se sentit tout un Hôtel-de-Ville
sur le poitrail.

Milady s'habilla, et ayant remercié en passant
George Luçon de lui avoir procuré ses habits si
à propos, elle reprit sa route, et continua d'aller
à la rencontre de Milord dans la direction de
l'ouest.

FIN DU SECOND LIVRE.

Livre Troisième.

Où les frères André et George Luçon ayant fait pache, l'arbre est coupé.—Des choses qui se passèrent dans l'arbre.—Comment le docteur Festus vit l'étoile polaire monter au méridien.—D'où est advenu que les Taillandier portent l'épaule basse et le dos en vire-voûte.—Comment ceux de Porclières et du hameau de Coudras trébuchèrent au nombre de neuf cent trente-huit.—Jean Baune, le repris de justice, tire sur George Luçon qui s'en trouve bien.—Comment le docteur reprend son voyage d'instruction à dos d'âne.—Du calendrier grégorien.—Comment Claude Thiolier eut du dessous.—Comment le docteur, après avoir oscillé, s'équilibre sur un éclectisme raisonnable, et sort du moulin.—Comment la Force armée reprend sa discipline.—De huit cochons d'Irlande.—Le docteur part par la tangente.

I.

Cependant André Luçon, frère de George, scieur de long, voulant travailler de son métier pour le sieur Taillandier qui refaisait sa toiture et planchait son fenil, vint voir son frère et le mena au cabaret des trois fils Aymon. Après boire, il lui parla des pieds de chêne qui étaient dans son bois, lui conseillant de les vendre, d'autant que les fourmis étaient venimeuses cette année, et que

l'almanach promettait de l'humide; après quoi,
il lui proposa de les acheter, n'en ayant que faire,
mais pour lui rendre service et les empêcher de
pourrir, ajoutant qu'on lui en offrait de plus beaux
et mieux à point, mais qu'on n'était pas frères
pour rien. George Luçon, qui avait le vin géné-
reux, se leva chancelant, et lui prit la main, disant : Tu es un beau parleur, André, c'est égal;
tout de même je te les baille pour six écus le pied
de chêne..... Sur quoi ils firent pache, et burent jusqu'au soir.

Le lendemain, André Luçon se leva dès l'aube,
attela ses bêtes, et vint au bois avec ses deux ap-
prentis, scieurs de long; puis, ayant choisi un
pied de chêne de cinq brassées de tour, ils le
scièrent par le bas jusqu'à ce que le roi des forêts
s'ébranlât lentement dans les airs et s'inclinât contre terre. Tel un noble éléphant à qui de lâches
chasseurs ont coupé les jarrets, tombe sans se
plaindre et sans disputer sa vie. Trois mille oiseaux qui nichaient dans ses branchages périrent
ou s'envolèrent loin de leur chère couvée, et ce
paisible lieu, qu'il abritait depuis trois siècles,
présenta le triste aspect d'une clairière désolée.

Les scieurs de long ne firent pas ces réflexions,
ni le sieur Taillandier, qui, dans ce moment toisait
son fenil, se moquant des nichées. Ils coupèrent les
rameaux pour en faire des fagots, ils coupèrent

Ils le scièrent par le bas, jusqu'à ce que le roi des forêts s'ébranla
lentement dans les airs, et s'inclina contre terre.

encore les grosses branches pour en faire du bois,
et quand le malheureux chêne n'offrit plus qu'un
tronçon mutilé, ils prirent des aides, et l'ayant
chargé sur le char, ils l'amenèrent à deux portées de fusil du village, devant la maison du sieur
Taillandier. C'est ainsi que le docteur Festus continua son voyage d'instruction, en habit de maire,
traîné par huit paires de bœufs de la race de
Schwitz.

II.

DEPUIS le moment où, pour échapper au moulinet de Milord, il s'était réfugié dans le creux de
cet arbre, il avait passé des momens délicieux,
d'autres qui l'étaient moins. La retraite était profonde, mais bonne, et la vue charmante. Par le
trou supérieur, que garnissait comme un riche et
moelleux velours une mousse brillante, il voyait
l'intérieur des branchages, le feuillage transparent,
et au fond l'azur du ciel. Les oiseaux gazouillaient
sous ce dôme de verdure, voletant, jouant, se
croisant en tout sens, selon qu'ils allaient au nid
ou qu'ils en partaient pour picorer dans la prairie
d'alentour. Aussi le docteur, se livrant aux impressions qui le dominaient, se mit à classer l'arbre ;

il classa ensuite les oiseaux, parmi lesquels il trouva un genre, trente-six espèces, dont deux non
encore décrites, qu'il nomma *Passer Festusœus*,
et *Passer muliformis* (en l'honneur de son mulet);
enfin neuf variétés, dont sept entièrement nouvelles, qu'il désigna en latinisant les noms de chacune des sept étoiles de la constellation des Pléiades.

Mais quand la nuit fut venue et que les étoiles
brillèrent au firmament, il se considéra comme
un astronome privilégié qui occuperait le fond d'un
vaste télescope. Il vit passer Jupiter, étincelant d'une
clarté pure, Saturne brillant au centre de son anneau, Uranus errant dans le lointain des profon-
deurs, et les autres planètes de notre système solaire.
Il vit les douze constellations du zodiaque, comme
des diamans sur un dais d'azur qui fuirait mysté-
rieusement dans l'espace. A cette vue, tout rempli d'impressions astronomiques, il s'assura de la
parallaxe, il traça la courbe écliptique, il résolut le problème des trois corps, et il calcula en
façon d'exercice mental la marche d'une comète
possible, décrivant un orbite virtuel de trois milliards de millions de lieues de France, avec la ré-
duction en stades grecs, et en milles romains; il
trouva avec consternation qu'elle couperait notre
terre en deux morceaux, dont l'un décrirait une
asymptote, et l'autre une spirale, tandis que notre lune se mettrait à pivoter comme une toupie

et s'irait ficher au soleil, comme une verrue sur le
nez d'un héros ; ce qui lui fit penser à Cicéron et
à Scipion Nasica.

La seule chose qui troublait les hautes pensées
du docteur, c'était le désordre qui régnait dans
sa poche gauche où se livrait un combat à mort.
L'arbre se trouvait être la retraite d'un charmant
écureuil, qui s'était vu fermer toute issue par l'arrivée d'un nouvel hôte. Après une longue stupeur,
le joli animal avait fait quelques essais de sortie,
et à force d'agrandir les trous faits par la fourche
de George Luçon, à la culotte du docteur, il s'y
était introduit, fouillant le sol et grattant le terrain,
au grand désagrément du docteur, qui songea aussitôt au géant Titye, mangé vif par un vautour.
L'écureuil ayant reconnu qu'il se fourvoyait étran-
gement, avait passé de la culotte dans la poche
qu'occupait le *mus œconomus*. Là se livra un combat si acharné et si vorace, que le lendemain le
docteur n'y retrouva plus que les queues de ces
deux animaux qui s'étaient mutuellement dé-
vorés.

Néanmoins quand le calme fut rétabli, le docteur s'occupa d'optique à l'occasion de Syrius qui
se réfractait dans la vapeur matinale au-dessus de
sa tête, et il en était là lorsque le chêne scié par
les bûcherons s'était incliné vers la terre. Aussitôt
tout le firmament lui sembla décrire un immense

arc de cercle , et l'étoile polaire monter au méridien. Il ne douta plus que sa comète possible n'eût
effectué son choc virtuel, et il calcula qu'il devait se trouver sur le morceau qui décrivait l'a-
symptote. En même temps il éprouvait une extrême raréfaction de l'air, qu'il croyait devoir pro-
venir de ce que la comète avait balayé l'atmos-
phère avec sa queue , et il sentait des exhalaisons
sulfureuses, qu'il attribua à la rupture des grands
volcans centraux. Mais lorsque le char se fut mis
en marche, et qu'il entendit le bruit distinct d'une
rotation ellipsoïde et parabolique , et le conduc-
teur qui répétait fréquemment les mots : zouli!
froment! il ne douta plus qu'il n'entendît l'idiôme
d'un habitant de Saturne , car dans ses vingt-deux
langues n'entrait pas le patois roman.

III.

ANDRÉ Luçon et les siens inclinèrent le chêne
sur un fort chevalet, puis se mirent à l'œuvre,
l'entamant par le bas avec une forte scie neuve,
qu'ils avaient rapportée de la foire d'Ambresailles
en juin dernier.

Le docteur Festus s'occupait déja de la réforme
totale du calendrier grégorien, vicié à fond par les

derniers événemens planétaires, lorsque la scie au trente-deuxième coup lui mordit le gros orteil. Il poussa aussitôt un cri de douleur immense qu'il traduisit à tout hasard dans ses vingt-deux langues, au cas que quelqu'une fût comprise des habitans de Saturne dont il se jugeait toujours très-voisin. A cette voix, les deux scieurs de long tombèrent à plat ventre de peur, et l'arbre continuant à parler, ils s'enfuirent avec une telle véhémence d'impétuosité, qu'arrivés au village, ils n'eurent que le temps d'annoncer un arbre parlant, après quoi ils moururent d'un épuisement pulmonaire, à l'exemple de cet Athénien qui mourut, annonçant à sa ville la défaite des Perses à Marathon.

IV.

Le docteur Festus, fortement influencé par tous ces événemens, laissa là le calendrier pour sortir de l'arbre et reconnaître le pays. La première personne qu'il vit, en mettant le nez à l'air, fut le sieur Taillandier, qui, à cette soudaine apparition, se laissa cheoir de frayeur parmi la poutraison de son fenil, d'où il tomba sur le centre de l'échelle, d'où il fut renvoyé par ricochet dans un baquet

de chaux maigre où il resta empreint, s'étant dans
la chûte faussé la clavicule, cassé une mandibule
de la mâchoire, et démis la charnière vertébrale,
d'où ses descendans jusqu'à nos jours portant l'é-
paule basse et le dos en vire-voûte, ont eu peine à
trouver femme, et sont devenus avares faute
d'affections.

Le docteur Festus, voyant le sieur Taillandier
assis dans sa chaux maigre, le prit pour un con-
frère, faisant sur sa propre personne une expérience de haute chimie médicale à l'usage des ma-
ladies cutanées qui peuvent attaquer le bas des
reins, et il allait entrer avec lui dans un collo-
que d'un haut intérêt, lorsque, ayant tourné les
yeux sur la droite, il crut devoir se livrer à une
fuite effrénée.

C'était tout le village de Porelières, avec ceux
du hameau de Coudraz, qui débouchaient par le
bois, sur le dire des deux scieurs de long qui
avaient répandu la nouvelle de l'arbre parlant.
Les uns portaient fourches, hoyaux; aucuns, des
fléaux, des échalas; plusieurs, une bêche, un sar-
cloir, ou une vis de pressoir, afin d'en assommer
le diable. Le curé les conduisait, exorcisant en
forme et se signant à triple dose. Mais quand ils
virent, à deux pas de l'arbre, le sieur Taillandier,
qui, tout blanchi de chaux maigre, se relevait en
hurlant, le curé pâlit et rebroussa d'une telle vî-

tesse avec ses paroissiens, que s'étant entortillé dans sa soutane, il tomba, et tous, au nombre de neuf cent trente-huit, trébuchèrent sur lui, pendant que le sieur Taillandier se lavant à l'eau fraîche, entrait en ébullition. Et c'est de ce temps que sa maison fut dite la Maison du diable-blanc, et pour ce fait n'a jamais pu se vendre, bien que la toiture fût réparée, et le fenil planché de neuf.

V.

Le docteur Festus, dans sa fuite effrénée, était entré de plein saut dans le grenier à blé de Samuel Porret, où s'étant un peu repris, il regarda par les fentes s'il était poursuivi. Il remarqua que les gens commençaient à se relever les uns après les autres, et à fuir aussitôt de son côté, ce qui provenait de ce que, par ignorance des localités, il s'était réfugié dans leur propre village, celui de Coudraz. Alors, les voyant ainsi revenir, il s'enfouit dans un tas de blé qui se trouvait là, et y attendit que les esprits fussent calmés, ce qui lui paraissait devoir prochainement arriver. En effet, réfléchissant que le choc de la comète possible, qu'il jugeait avoir mis ces bonnes gens en émoi, ne paraissait pas avoir apporté des changemens désastreux dans notre mor-

ceau de planète, il en concluait qu'à ces premiers
momens d'effroi et de confusion, succéderaient
bientôt la paix et le contentement d'esprit.

Le malheur fut cause que Samuel Porret, voulant
porter son blé au moulin, entra dans le grenier,
et s'étant mis à emplir son sac, découvrit avec
sa pelle la tête du docteur à fleur du tas. Sur quoi
lâchant le sac, il dévala en bas en criant, comme
trois légions, qu'il avait trouvé le diable dans son
grenier; de façon que le village se remit en émoi,
et cerna la barraque pour l'enfourcher à sa sortie.
Dans cette conjoncture délicate, le docteur se souvenant de Julia Cornelia, autrefois sauvée de Cré-
mone à travers tous les Vitelliens, cachée dans un
sac de farine, il se glissa du tas dans le sac de Samuel Porret, attendant les faits, et comptant sur
les leçons de l'histoire.

VI.

CEPENDANT le diable ne sortant pas, on appliqua
une échelle contre la lucarne, pour guetter de là
ce qu'il pouvait bien faire dans le grenier de Samuel Porret. Mais l'échelle mise, nul n'y voulut
monter. A la fin George Luçon, dit le Trèfle, qui
était homme de cœur, dit qu'il y monterait tout

de même, moyennant qu'il se fût confessé et eût reçu l'absolution, que le curé lui accorda de bon cœur. Apres quoi, il but un coup de clairette, embrassa sa femme Jeanne, Nanette sa fille, et son garçon, les recommandant à André son frère; puis il toucha la main à toute la commune, rendit à Janot Pélin trois écus patagons qu'il lui devait de l'avant-veille, et monta l'échelle fermement jusqu'au seizième échelon. Là, le cœur lui manquant, il se signa deux fois, et cria aux autres : Priez pour moi! Adieu Nanette! Joseph adieu! Après quoi, il monta les sept échelons restant, pendant que les gens d'en bas s'attendaient à le voir happé et mis en broche incontinent.

VII.

Nous avons vu que Jean Baune, le repris de justice, après avoir rechargé son pistolet, l'avait lâché sur le docteur et l'avait manqué. Au bruit du coup, et à l'odeur de la poudre, la force armée qui se trouvait par les seigles d'alentour, avait marché par amorce et attraction du côté de Jean Baune. Celui-ci voyant au-dessus des épis les deux baïonnettes s'approcher, s'était cru découvert, et sur le point d'être cerné par toute la police secrète du

pays, sur quoi, abandonnant la malle, il s'était mis
à fuir de toute sa force, évitant les taillis et les
champs de seigle. Il était ainsi arrivé vers le hameau de Coudraz, où apercevant de loin le Maire
de l'endroit, qui jouait aux quilles devant l'église,
il n'avait osé fuir outre, et était entré dans le grenier de Samuel Porret, où il vint se cacher dans
la toiture, enfourchant l'arrière de la lucarne, afin
de n'être pas vu d'en bas, et là chargea ses armes.

C'est ce qui fut cause qu'à l'ouïe de l'échelle
qu'on y avait appliquée, il se crut de nouveau
cerné, et lorsque George Luçon, arrivé au tren-
tième échelon, se trouva face à face avec lui, il
lui lâcha son coup, puis, s'enfuyant de l'autre côté
du toit, pour échapper au village, il sauta dans
une mare au grand préjudice de treize canards qui
s'y récréaient, puis sortant de là sans fracture, il
prit la venelle et s'enfuit par les champs.

Au moment où Jean Baune avait fui par le toit,
il avait été vu du village qui cria tout d'une voix :
Le voilà qui s'en va! croyant que c'était le diable
en personne qui s'échappait sous cette figure;
aussitôt ils tournèrent la maison pour le poursuivre, ce qu'ils firent jusqu'au soir de ce jour, que,
n'ayant pu l'atteindre, ils revinrent au hameau.
D'où le bruit se répandit que le diable hantait le
pays, et en plusieurs endroits ils mirent le feu aux
greniers à blé, ou processionnèrent par les routes

afin de les maintenir saintes et à l'abri de tout
diableteau. Notamment ceux de la Croix-Blanche
ceignirent leur village d'une ficelle qu'ils firent
bénir à beaux deniers comptans, et s'en trouvèrent
bien, car le diable n'y parut point.

George Luçon ayant reçu la balle dans le cou,
à l'endroit où se bifurque le canal pour conduire,
d'une part au poumon par la trachée artère, de
l'autre à l'œsophage par le conduit alimentaire,
était tombé au bas de l'échelle, victime de son
courage. Il fut reçu par sa femme désolée et Joseph qui, le soutenant par dessous les bras, lui
pleurait dessus, pendant que Nanette était allée
chercher de l'eau fraîche et du linge de toile.
Après quoi, George Luçon ayant rouvert les yeux,
et dit : Bien obligé Nanette, tous les trois se prirent à sauter follement de joie, moitié priant
Dieu, moitié le remerciant d'avoir bien voulu
dans sa miséricorde sauver leur homme. En effet,
au bout de quinze jours George Luçon guérit, et
seulement conserva l'infirmité de ne pouvoir boire
de clairette qu'aux repas, de façon que s'en portant mieux, et ayant la tête toujours saine, il fut
nommé marguillier dès l'année suivante ; après
quoi, il devint Ancien, et présenta la creuselette à
l'église durant quatre années, tant et tant qu'à la
fin il fut choisi maire de la commune de Porelières,
et disait souvent que les voies de Dieu sont bonnes.

VIII.

Le lendemain Samuel Porret retourna sans
crainte à son grenier, et acheva de remplir son
sac ; après quoi, il le chargea sur son âne, et prit
la route du moulin. De cette façon, le docteur
Festus reprit son grand voyage d'instruction, en
continuant de travailler mentalement à la réforme
du calendrier grégorien.

Ce travail était singulièrement simplifié ; car la
terre n'ayant plus de lune, et décrivant une
asymptote, il n'y avait plus ni mois lunaires, ni
années solaires, et il restait seulement la révolution diurne et nocturne que le docteur prit pour
base du grand calendrier festuscéen.

Mais l'âne, qui avait ses idées à lui, ne voulant
pas passer le ruisseau, Samuel Porret au lieu de
le tirer en arrière par la queue, ce qui est le véritable moyen de porter un âne en avant, leva son
bâton, et lui en asséna huit maîtres coups, dont
chacun se partageant entre l'âne et le sac, c'était,
de compte fait, quatre pour la part du docteur.
Interrompu dans son travail, il poussa de nouveau
un immense cri en vingt-deux langues, tout en se
crispant violemment à l'instar d'une corde à boyau

que l'on jette au feu. Aussitôt Samuel Porret s'enfuit à tire de jambes, et l'âne se gardant de le suivre, s'en alla paisiblement au moulin, sans se
soucier, paissant aux haies, et philosophant au
soleil.

IX.

C'ÉTAIT le moulin de Claude Thiolier, dit *Be-
naiton*, sis sur la hauteur de Sarlinge, en vue de
toute la campagne des Bresseaux, jusqu'à la rivière du Tour d'un côté, et jusqu'aux Monts des
Rocailles de l'autre, si bien qu'il servait à savoir
le vent à tous les hameaux de cette plaine qui con-
tenait dix communes et vingt-huit paroisses. Les
ailes étaient neuves, à tout vent, et si fortes et
grandes, qu'au moindre souffle elles auraient
moulu vingt coupes de froment à l'heure.

Claude Thiolier, qui fumait sa pipe devant son
moulin, se leva et vint décharger l'âne du sac, qu'il
prit sur son dos, le soutenant à deux mains derrière sa tête, et s'acheminant vers la porte du
moulin le corps en avant. Et tout en regardant
d'où soufflait le vent, il appela Gamaliel son garçon, et lui dit de tout préparer pour moudre le lendemain.

A ces mots, le docteur Festus, éprouvant une violente crispation, donna un coup de reins qui le replaça sur ses jambes le corps en avant, en telle façon qu'il portait à son tour Claude Thiolier, dit *Benaïton*, lequel se prit à crier, comme cinq légions à la fois, que le diable l'emportait. Puis ayant lâché prise, le sac tomba d'un côté, et lui de l'autre, et il se mit à aller quérir du monde d'une telle vîtesse qu'il s'en faussa la rotule, d'où ses descendans ont tous été jarretous, et réformés pour la cavalerie. Pour Gamaliel, à première vue d'un sac marchant, il s'était caché derrière le van du moulin, où il en était déjà à son dix-huitième *ave*.

X.

Cependant Anne Thiolier, née Ducret, la meunière, revenant d'en champ avec ses huit cochons d'Irlande, et voyant le sac à terre, se mit à le rentrer, le prenant par les deux bouts d'en bas pour le traîner par terre jusque dans le moulin à grand effort de muscles. Et tout allait bien, lorsqu'à l'autre bout le sac s'étant fortuitement dénoué, le docteur Festus mit le nez à l'air, admirant la beauté du paysage, tandis que, faute de résistance la meunière tombait sur le nez, et se cassait trois dents, dont deux incisives et une œillère.

C'est dans ce moment même que le docteur Festus vit, du côté de Porelières, le meunier qui débouchait avec trois cent trente-deux paysans, poussant droit au moulin. Soit que ce fût un rêve, une réalité, ou seulement une illusion, il sortit promptement du sac, et, enjambant la meunière, il entra dans le moulin. Là, grimpant de tas en tas et de poutre en poutre, il se vint cacher dans le comble, où il reprit aussitôt la réforme du calendrier grégorien.

Le village arrivant tout essoufflé, voulait qu'on lui montrât le diable, et vite, pour en finir; et disait à Claude Thiolier, dit *Benaîton* : Montre-le, où est-il? Sur quoi celui-ci, voyant le sac ouvert et du blé épars, dit à sa femme : Dis-le, toi. Anne Thiolier lui répondit : Le diable? es-tu fou? Le diable n'y est pas. Alors Gamaliel sortant de dessous son van : Oui qu'il y est! je vous dis qu'il y est, là dans le sac! je l'ai vu! Alors ceux du village, ayant vidé le sac, et n'apercevant point de diable, s'en prirent à Claude Thiolier et à son garçon, et les cognèrent de leur fourche contre la muraille, comme poltrons et couards, ayant peur de leur ombre, prenant les sacs pour démons, et le blé pour charbons d'enfer; ajoutant qu'ils devaient prendre la quenouille, et laisser à la meu-

5

nière la garde de leur moulin. Après quoi ils retournèrent chez eux, et de ce jour aucun ne voulut boire avec Claude Thiolier, qu'ils appelèrent depuis Thiolier *où est ton diable ?*

Thiolier, rongé de vergogne, dès qu'il ne fut plus en vue de ces gens, battit vertement la meunière, pour avoir dit qu'elle n'avait rien vu, ajoutant par façon de sarcasme, que pour lui il voyait une diablesse tous les jours; et il rentra le sac.

La meunière, quand il fut dedans, prit un balai, et voyant le pauvre Gamaliel qui ramenait l'âne échappé, courut sus, et le rossa de la tête et du manche pour avoir dit qu'il avait vu quelque chose, ajoutant par façon de promesse, qu'à la première elle le lui casserait sur les reins.

Gamaliel, quand la meunière fut rentrée au moulin, cueillit une gaule d'églantine, et prenant court le licou, en fustigea l'âne sur le dos et sous le ventre, en tête et en queue, pour avoir causé tout ce mal. Après quoi, la paix revint dans le moulin, et tous s'allèrent coucher, après avoir fermé la porte à double tour.

III.

CEPENDANT le docteur Festus, caché dans le comble, s'y serait trouvé fort bien s'il eût été certain qu'il fût réellement dans un comble. Mais récapitulant, dans une suite de propositions générales, les événemens qui s'étaient succédé depuis qu'il avait mis ses gants de peau de daim, il arrivait à douter de son sens intime, et au lieu de partir, avec Descartes, de l'axiome : Je sens, donc j'existe ; il partait de ce principe : Je suis dans le comble d'un moulin à vent, donc je ne suis pas chez moi ; et poursuivait ainsi : mais je puis être chez moi, et cependant rêver que je suis dans le comble d'un moulin à vent ; donc il n'est pas prouvé que je sois dans le comble d'un moulin à vent. Je puis encore n'être ni chez moi, ni dans le comble d'un moulin à vent, et néanmoins rêver que je suis chez moi, où je rêve que je suis dans un comble de moulin à vent, où je rêve que je suis chez moi, et ainsi de suite jusqu'à la neuvième puissance d'un rêve primitif, multiplié par le comble d'un moulin à vent, et divisé par

$$\sqrt{\dfrac{a\,b^2+x}{a'-a''}}$$

Il craignit alors d'être tombé dans un idéalisme
blâmable, et rebroussa avec une telle vigueur,
qu'il tomba dans un matérialisme complet, voyant
sa propre ame comme une bouillie, ses idées sous
la forme de noyaux de pêche, et la morale comme
une idéalité creuse, semblable à une bulle de sa-
von. Il craignit alors d'avoir trop dépassé le sen-
sualisme, et rebroussant de nouveau vers un éclectisme raisonnable, il s'arrêta à l'idée qu'il n'était
ni chez lui, ni dans le comble d'un moulin à vent,
mais toujours dans l'auberge du Lion-d'Or, où il
rêvait sagement dans son lit, en attendant l'aurore
aux doigts de rose. Puis, revenant à la morale, il
comprit que, même dans un rêve, elle lui ordonnait de veiller à sa propre conservation, et de s'é-
chapper au plus tôt d'un moulin où il était pris
pour le diable. Sur quoi, il souleva quelques tuiles et mit le nez à l'air, juste au moment où le soleil mettait le nez sur l'horizon. Faute d'échelle, il
se décida à descendre dans la campagne, le long de
l'aile du moulin à laquelle il vint s'accrocher.

IV.

Nous avons laissé la force armée marchant sans
ordre parmi les seigles, et recevant des carottes

sur la tête, faute de discipline. Elle avait continué ainsi plusieurs jours. Mais déja vers minuit
de celui où nous sommes, se trouvant sous le vent
du moulin où était l'habit, elle avait poussé de ce
côté, montrant déja sous cette influence quelques
symptômes de discipline, qui prenaient un caractère beaucoup plus tranché à mesure qu'elle avançait dans cette direction. A la fin, ayant aperçu
le plumet du chapeau du Maire qui sortait par les
tuiles du comble, elle avait pris le pas de course,
et était arrivée au moment où le docteur venait
de s'accrocher à l'aile du moulin dans l'intention
de prendre terre.

V.

Mais le docteur se trouvait dans un grand embarras. Pendant qu'il enfourchait son aile, un lé-
ger vent d'ouest s'élevant, l'avait mise en mouvement avec les trois autres, de façon que le docteur
tournait avec tout le système, en songeant aux
tourbillons de Descartes.

Voyant cela, la force armée s'accrocha aux deux
ailes suivantes pour courir après l'habit, espérant
l'atteindre avant midi ; ce qui lui semblait toujours
plus probable, car les ailes allaient toujours plus
vite.

En effet, le vent ayant excessivement fraîchi, et rencontrant au bout des ailes une surface qui lui donnait plus de prise, il en était résulté une vitesse telle, que les ailes n'étaient déja plus visibles pour un observateur placé en face. C'est ce qui fit que les huit cochons d'Irlande, venant sans crainte paître l'herbe qui avait crû dessous, furent très-surpris de se trouver lancés par une courbe parabolique jusqu'au pays de Ginvernais, où ils tombèrent, au bout de trois semaines, dans des filets de pêcheurs qui séchaient au bord du lac d'Eaubelle, appelé depuis le lac des cochons, au grand déplaisir des poètes du pays. C'est là qu'ils furent recueillis au nombre de vingt-huit, car les femelles avaient mis bas durant la traversée. De ce jour date l'introduction du cochon rouge d'Irlande en Ginvernais, où ils se sont tellement multipliés que les races bovine et moutonnière y ont dépéri, faute d'espace. D'où résulte que ceux du Ginvernais, pour manger trop de saucisses, ont le sang échauffé et le visage pustulent, battant leurs femmes, et crevant de colère avant l'âge.

VI.

LE vent fraîchit encore de telle sorte, que les ailes faisaient déja six cent quarante-trois tours par seconde, comme l'a calculé depuis Jean Renaud, arpenteur assermenté, descendant de Ticho-Brahé, par les femmes. Aussi le docteur était-il soumis depuis longtemps à une lutte entre les forces centripète et centrifuge, craignant à chaque instant que cette dernière ne l'emportât. A la fin, l'ouragan étant devenu irrésistible, le docteur Festus fut lancé par la tangente à une élévation où aucun docteur n'est parvenu, ni avant ni après lui.

La force armée ne s'aperçut pas d'abord que l'habit, après lequel elle courait, était parti pour le haut des airs ; mais quand le vent se fut un peu calmé et qu'elle eut vu l'aile libre et l'habit aux nuages, elle partit aussi par la tangente, afin de le rattraper. Mais lancée par une force moindre, et retardée par le poids des armes, elle n'avait pas l'essor nécessaire pour l'atteindre.

FIN DU TROISIÈME LIVRE.

Livre Quatrième.

—

Où le docteur Festus ayant été lancé par la tangente, on le
perd de vue.—Comment toute la commune, après avoir passé sur
le ventre du Maire, s'alla noyer dans le grand canal.—Milord re-
joint Milady, et tous les deux sont écroués sous le n° 36, où ils
retrouvent le Maire.—Gouvernement paternel du Royaume de
Vireloup.—Comment le Maire, Milord et Milady, se trouvent
être à la tête d'une vaste conjuration ramifiée. — Des interrogatoires et de la procédure. — Histoire sinistre d'une requête en
grâce.—Retour imprévu de la force armée, mort de Jean Baune,
le repris de justice, et délivrance presque miraculeuse du Maire,
de Milord et de Milady.

I.

Le docteur Festus, lancé par la tangente, traversa un vol de corbeaux criards, dont soixante-
huit, culbutés par le choc, vinrent tomber sur le
champ de Jean Renaud, l'arpenteur assermenté,
au moment où il triangulait son propre champ, par
façon de récréation digestive, ce qu'il pratiquait
tous les jours après son dîner. A la vue des volati-

les, Jean Renaud culbuta son niveau, et cassa sa planchette, tant il fut surpris, croyant que ce fût toute une plaie d'Egypte. Puis, s'étant remis, il alla quérir des témoins, comme quoi il avait été favorisé d'un grand phénomène, qu'il nomma une pluie de corbeaux.

Jean Renaud procéda ensuite à écrire un beau mémoire pour l'académie royale de Vireloup. Il détailla d'abord le fait, puis, passant aux recherches explicatives, il en trouva la cause dans la rencontre fortuite de particules organiques, agissant en vertu d'une force vitale propre à chacune d'elles séparément, mais qui se détruisait par leur agglomération sous forme de corbeaux; ce qui était prouvé par l'inspection même des corbeaux, trouvés morts à l'instant de la chute. S'élevant ensuite aux lois générales, il tira de là sa grande théorie des formations aériennes, à laquelle il rattacha le phénomène des aérolithes, des pluies de sauterelles, des pluies de grenouilles, des grêles printannières, et aussi, en alongeant un peu le bras, des étoiles filantes; d'où il fut nommé à l'unanimité membre correspondant de l'académie royale de Vireloup, et reçut son diplôme doré sur tranche et parafé au revers, de manière qu'il mourut insolvable, ne voulant plus arpenter, crainte de s'avilir et dégrader son diplôme.

II.

Le docteur Festus traversa ensuite la région des nuages où il ne trouva personne, mais regretta souvent son parapluie ; et il aurait certainement contracté un rhumatisme goutteux, suivi de paralysie, sans les étincelles électriques qui le piquaient au flanc, au dos, à la tête et sur tous les membres, selon la méthode des plus fameux médecins. Par ce fait, furent préservés de la foudre, ce jour-là, trois communes et deux paroisses, portant sept cents meules de foin, dont vingt-cinq à Georges Luçon.

Mais aussitôt qu'il eut franchi la région des nuages, le docteur fut obligé de mettre ses lunettes vertes, inondé qu'il fut tout-à-coup des flots d'une clarté pure qui étincelait au ciel, à l'horison, et sur la croupe blanche des nuées qui ondulaient à ses pieds. Vers le nord, quelques cîmes bleuâtres, appartenant aux grandes chaînes centrales, formaient comme des ilots d'azur sur une mer d'argent, ajoutant par leur immobilité à la majesté imposante de ces resplendissantes solitudes. Bientôt l'effort du vent déchira ces nuées, et d'immenses paysages apparurent, dont l'éloignement l'empê-

chait de distinguer les détails; mais il voyait
comme un vaste tapis embelli de mille teintes
d'une richesse et d'une pureté extraordinaires,
tantôt sombres, tantôt riantes, et sillonnées par
un filet de pur cristal. C'était la rivière d'Eaubelle, au-dessus de laquelle il se trouvait alors.

III.

CE fut bien autre chose lorsque, vers le soir,
ayant tourné la tête, il vit la lune grande comme
l'hippodrome, qui s'avançait majestueusement
dans l'espace avec le bruit lointain d'une bombe
qui fend l'air, et présentant à ses regards d'immenses montagnes, de profondes vallées, des
continens, des mers resplendissantes. Il reconnut
que cet astre est composé d'une croûte métallique
sans cesse renouvelée; qu'au centre de cette coque
extérieure bouillonnent sans cesse trente-six mé-
taux en pleine fusion, lesquels venant à se faire
un passage par le sommet des monts, découlent
ensuite sur leur croupe en lames brillantes qui se
refroidissent à leur tour; qu'ainsi les profondes
vallées de cet astre forment comme d'immenses
miroirs concaves, à l'instar de ceux avec lesquels
Archimède brûla la flotte des Romains, et que ce

sont ces miroirs qui, réfléchissant la lumière du
soleil, éclairent nos nuits d'une douce lumière.
Enfin, il s'assura que cette planète n'est pas habitée, contrairement à l'opinion de ce savant Alle-
mand qui prétend y avoir distingué, avec sa lunette, un marquis valsant avec une douairière.

Du reste, le docteur Festus ne se débattait plus
entre le rêve et la veille, bien convaincu que,
dormant encore à l'hôtel du Lion d'Or, il était favorisé d'un rêve aussi unique qu'admirable.

IV.

Il est temps de retourner à Milord, que nous
avons laissé en chemise vers les rives du grand canal, faisant une battue pour retrouver l'habit du
Maire, dont le docteur Festus se trouvait vêtu à son
préjudice.

En faisant sa battue, Milord, en chemise, était
arrivé à l'endroit où restait gisant Pierre Lantara
le vagabond, tué récemment par Jean Baune.
Croyant que c'était un brave paysan qui sommeillait, il lui avait dit d'une voix forte : *Do you speak
english ?* A quoi Pierre Lantara ne répondit rien.
Milord s'étant alors approché, reconnut parfaitement un des deux brigands qui l'avaient dévalisé.

Sur quoi il entra en *humour*, et fit, en bon anglais, quatre-vingt-deux plaisanteries diverses sur cette idée très-simple que le drôle avait attrapé ce qu'il méritait, riant si prodigieusement entre chacune d'elles, qu'il se creva la peau du diaphragme; d'où sa voix devint creuse, et son rire abdominal.

Du reste, pour ne pas rester en chemise, Milord se vêtit des habits de Pierre Lantara, et put reprendre sa route vers l'hôtellerie, où Milady devait l'attendre. Mais à sa grande stupeur, il ne trouva dans la commune, dans le village, dans l'hôtellerie, pas une ame vivante, si ce n'est l'âne de Julien le borgne, qui léchait la boîte à sel. Milord l'enfourcha, et repartit aussitôt, extrêmement inquiet du sort de son épouse.

V.

C'EST qu'en effet, depuis le départ du Maire et de la force armée, il s'était passé des choses affligeantes dans cette déplorable commune.

Les réglemens avaient été enfreints, les bans levés, les bois communaux brûlés, et l'Hôtel-de-Ville mis en cabaret, où se buvait le vin communal. D'autre part, Louis Frelay avait chassé par les seigles sans permis, disant avoir le droit de tirer

sur les moineaux; d'où Claude Roset lui avait en-
tamé le mollet de sa faucille, disant avoir le droit
de couper son seigle; sur quoi, Louis Frelay lui
avait tiré son coup de petit plomb dans l'épaule,
disant avoir le droit de décharger son fusil; sur
quoi, le garde-champêtre survenant leur avait pris
à chacun leur bonnet, disant qu'il avait le droit
de les mettre à l'amende; sur quoi, les Roset et
les Frelay étant accourus, avaient foulé le garde-
champêtre, disant qu'ils avaient le droit de défendre leurs parens; ce dont les autres de la commune s'étaient fâchés, disant qu'ils avaient le droit
d'avoir un garde-champêtre qui ne fût pas foulé;
tant et tant que ceux du hameau de Bellecombe
ayant pris parti, les uns pour les Roset, les autres
pour les Frelay, il s'en suivit une roulée univer-
selle dans ledit champ de seigle, au grand détriment de la récolte, qui promettait deux mille coupes, sans compter la paille.

VI.

Ils en étaient là, lorsque du haut des airs, où
cheminait le docteur Festus, vint à cheoir, droit
au milieu du champ, le chapeau du Maire, et son
plumet; d'où ils entrèrent en grande épouvante;

et ayant incontinent levé les yeux, ils virent la force armée et l'habit cheminant par en haut d'orient en occident. Toute la commune cria aussitôt: C'est le Maire! et, rentrant en elle-même, se mit à le suivre, sans le perdre des yeux, ce qui était cause que faute de voir leur chemin ils trébuchaient par centaines.

C'est ainsi qu'ils coururent durant deux jours à travers champs, roulant, sautillant, boîtant, culbutant, et faisant de grandes dévastations. Devant eux, fuyaient effrayées toutes les basses-cours des lieux circonvoisins, notamment trois cent trente dindons alarmés, une multitude de poulets, de cochons, de coqs d'Inde, plus une foule de moutons, cavales, génisses, plus soixante chiens de garde, dix-sept gardes-champêtres, quinze municipaux, vingt-neuf marguilliers, douze maires et leurs adjoints qui, ayant voulu les arrêter, se trouvèrent au contraire entraînés par le tourbillon; d'où, faute de pouvoir se faire entendre, plusieurs périrent de catastrophes bilieuses, provenant d'apostrophes rentrées.

Heureusement, le Maire, le véritable Maire, que nous avons laissé en chemise dans ces parages, les aperçut de loin, et reconnut sa commune. Sur quoi, il dit aux paysans désolés qui l'entouraient : Ne bougez pas, et laissez-moi faire. Puis s'étant placé sur un tertre en face de la colonne qui arrivait, il

commença à la haranguer en disant : Administrés !...., Il ne put achever. La commune, toujours les yeux en l'air, lui passa sur le ventre et
alla outre jusqu'au grand canal, où faute de voir
leur chemin, et s'arrêter à temps, ils tombèrent
tous, au nombre de trois mille sept cent vingt-deux
ames, non compris les dindons, les municipaux,
et animaux domestiques ci-dessus mentionnés.
Et c'est depuis ce temps que l'autorité a fait mettre, dans cet endroit du grand canal, une forte
barrière qui s'y voit encore dans les basses eaux.

VII.

Le Maire s'étant relevé s'assit au soleil pour faire
d'amères réflexions sur le sort des grands ici-bas,
sur l'ingratitude des peuples, et sur la mauvaise
tendance des masses, dans un siècle corrompu. Il
se plaisait à reconnaître qu'en tout temps son ad-
ministration avait été juste, paternelle, habile,
exemplaire, irréprochable; il se plaisait encore à
reconnaître qu'il n'avait jamais voulu que le bien
et le bonheur de ses administrés; et songeant que
toutefois sa commune lui avait passé sur le ventre,
sans seulement lui dire gare, il était près de douter de la vertu.

Il se leva bientôt, afin de poursuivre sa commune, se promettant au surplus d'acheter au premier endroit du papier timbré, pour rédiger un procès-verbal de deux-cent-quatre-vingt-quatorze articles, qu'il ébaucha pendant la route.

VIII.

TOUJOURS en chemise, le Maire arriva ainsi à la frontière du royaume de Vireloup, où les douaniers royaux lui demandèrent s'il n'avait rien à déclarer. Le Maire leur ayant répondu que non, à sa connaissance du moins, il le fouillèrent néanmoins sévèrement, examinant sa chemise, dessus dessous, dehors et dedans. Ils n'y trouvèrent rien de prohibé; en sorte qu'ils lui dirent qu'il pouvait passer outre, moyennant deux croquelus de droit (argent de Vireloup), pour sa chemise qui leur paraissait neuve.

Le Maire trouva la demande juste et conforme aux lois; seulement il argua de son manque provisoire de numéraire. Mais, sur ces entrefaites, le chef du poste lui ayant demandé d'exhiber ses papiers, le Maire pâlit de la tête aux pieds, car il se sentait pour la première fois de sa vie en état de contravention. Aussi, avant même qu'il eût eu le

6

temps de dépâlir, il fut livré à un gendarme qui,
lui ayant mis les poucettes royales, le conduisit dans la prison royale de Balabran , où il fut
écroué sous le n° 36, et reçut un cruche d'eau et
une livre de pain qui lui firent grand bien.

IX.

D'AUTRE part Milady, que nous avons laissée
sortant de la ferme de George Luçon , avait repris
le chemin de l'hôtellerie, dans l'idée que durant
ses dernières aventures elle pouvait s'être croisée
avec son époux. C'est ce qui fut cause qu'effectivement, après deux jours de marche, elle vit de
loin sur la route un homme sur un âne, et que peu
à peu s'approchant, elle reconnut, sous l'habit de
Pierre Lantara le vagabond, son propre époux et
maître, Milord Dobleyou, qui lui criait de toute sa
force sans la reconnaître encore : *Do you speak
english ?* puis, l'ayant reconnue, il lui dit tran-
quillement : *Good by, Clara.*

Mais Milady qui avait les passions vives (comme
nous l'avons dit), tomba en faiblesse, et s'évanouit
comme enivrée de joie. Milord la regarda faire
avec une grande force d'âme ; seulement, ayant

tiré sa montre, et prévoyant que l'évanouissement les mènerait bien tard, d'autant plus que son âne avait le pas lent, il tira du sac de Milady son carnet, sur lequel il écrivit en anglais qu'il prenait les devans, sans se presser, et qu'elle le rattraperait en allant d'un bon pas; puis, lui ayant inséré le carnet dans la main, il s'éloigna, rempli de satisfaction.

Il avait cheminé deux heures, lorsqu'il se trouva cerné tout-à-coup par un détachement de huit gendarmes qui le mirent en joue à bout portant; sur quoi Milord leur dit : *Do you speak english?* Mais eux, certains, d'après le signalement, que c'était Pierre Lantara le vagabond, qui contrefaisait l'anglais pour les déjouer, lui répondirent en lui mettant les poucettes royales, et le conduisirent à la prison royale de Balabran, où il fut écroué sous le n° 36. C'est là qu'il trouva le Maire, et rentra incontinent en *humour*, lorsqu'il eut reconnu ce même drôle qui l'avait fait charger à la baïonnette dans la forêt. Il lui asséna vingt-huit plaisanteries en bon anglais, riant si copieusement qu'il s'en crevait toujours plus la peau du diaphragme, et ne rendait plus que le son d'un tambourin percé. D'autre part, le Maire était si bilieusement affecté, que son foie lui remontait au gosier, d'où il contracta une jaunisse dont il ne guérit jamais bien.

X.

MILADY restée sur la route, évanouie, et le carnet à la main, fut rencontrée par Jaques Liodet
qui ramenait son char du marché d'Ambresailles.
Liodet, qui était bon homme, en prit pitié, et la
chargea sur son chariot, bien fourni de paille
fraîche; puis, sans songer à mal, il arriva à cette
même douane du Royaume de Vireloup, si fatale
au Maire, disant n'avoir rien à déclarer.

Les douaniers piquèrent au travers de la paille,
et la pointe atteignant Milady un peu au-dessous
des dernières vertèbres lombaires, elle poussa un
grand cri; sur quoi, on arrêta provisoirement Jaques Liodet, comme suspect, et on confisqua l'at-
telage, comme servant à des transports suspects:
puis l'on se mit à chercher ce qui était dedans.
Alors Milady fut arrêtée comme ayant voulu s'introduire dans le royaume de Vireloup, sans pas-
seport et cachée dans de la paille; cas prévu par
l'article 8 du règlement de police. On saisit son
sac, son carnet, et elle fut livrée entre les mains
d'un gendarme, qui, lui ayant mis les poucettes
royales, la conduisit à la prison royale de Balabran, où elle fut écrouée sous le n° 36.

XI.

A la vue de son épouse, qui venait le rejoindre dans sa prison, Milord, qui avait déjà repris
son sérieux, entra de nouveau en *humour*, et fit neuf
plaisanteries en bon anglais ; pendant que Milady,
reconnaissant ce même Maire qui l'avait dépouil
lée dans la forêt, lui sautait au visage, tant elle
avait les passions vives (comme nous l'avons dit).
Milord, voyant la mine matagrabolisée du Maire,
en redoubla d'*humour* à tel point, que, son rire
l'épuisant, il tomba sur la cruche, la cassa, et s'assit
dans l'eau ; d'où il contracta un rhume aigu, dont
il ne guérit bien que sept années après, en chassant
le tigre au Bengale, pour se faire transpirer.

Toutefois, la position de ces trois personnages,
déjà fort triste, prenait au dehors un caractère
bien plus triste encore.

XII.

Le royaume de Vireloup jouit d'un gouvernement paternel. Le roi y est le père de ses sujets, qu'il
traite en enfants ; veillant avec sollicitude sur leurs
lectures, sur leurs conversations, sur leur manger,

sur leurs vêtemens, et voulant qu'ils tiennent tout
de lui. C'est pour cela qu'il prohibe les livres, les
idées, les marchandises, les denrées du dehors, et
qu'il fait surveiller ceux qui causent ; les mettant
en punition dans ses cachots royaux, s'ils causent
mal, ou s'ils ne causent pas bien, ou s'ils s'obstinent
à ne pas causer du tout. Comme le roi de Vireloup
aime à chasser au renard, et d'ailleurs n'aurait pas
le temps de suivre tous ses enfants pendant toute
la journée, il se fait aider par des ministres, qui se
font aider par de la force armée, des douaniers et
des prêtres : en sorte que je le comparerais volontiers à un tendre père qui s'entourerait de domestiques fidèles et d'instituteurs estimables.

Et cependant, ce qu'on aurait peine à croire,
le roi de Vireloup avait tels de ses enfans qui le
chagrinaient, et bien souvent, à ce qu'on m'a
rapporté, étaient cause qu'à la chasse même, où
il prenait tant de plaisir, il y avait des momens où
il s'asseyait sous un arbre, pour éprouver de la
douleur de leur conduite, quand il était fatigué.
C'étaient, pour la plupart, des enfants babillards,
ergoteurs, ingrats, ricaneurs, indociles, qui, au
lieu de se croire heureux sous un tel père, s'obs-
tinaient à penser qu'ils étaient malheureux. Le
roi, toujours bon et indulgent, les faisait empri-
sonner dans ses cachots royaux de correction ;
mais s'ils babillaient là-dessus, ou en écrivaient à

leurs amis, il était sans pitié, et avait des moyens
de les faire disparaître sans qu'on sût bien comment. En sorte que je le comparerais à un père,
tendre à la vérité, mais prudent, qui sent que la
sévérité est quelquefois un devoir.

Or il était arrivé que ceux de Balabran, qui est
une province frontière touchant au pays de Ginvernais, s'étaient beaucoup gâtés par le contact
avec le voisin, faisant contrebande de culottes,
de sucre, de café, et surtout d'idées prohibées dans
tout le Vireloup ; car il faut savoir que, dans le
Ginvernais, où autrefois le gouvernement était
paternel aussi, ils se sont émancipés de telle façon,
que là c'est le roi qui est l'enfant de ses sujets, lesquels entendent qu'il tienne tout d'eux, son argent et son pouvoir, et ne fasse pas un mouvement
de jambe, de bras ou de corps, que ceux qui sont
prévus par la grande Pancarte, qui est leur pacte
social. C'est ce qui rendait les Ginverniens mauvaise compagnie pour les gens de Balabran, en
sorte que ceux-ci se gâtaient à vue d'œil, au grand
déplaisir du roi leur père, qui avait résolu d'y
mettre ordre. D'où je le comparerais à un père,
tendre à la vérité, mais qui fustige une portion de
ses enfants, pour le plus grand bien des autres.

C'est par suite des mesures prises à ce sujet, que
nos trois personnages avaient été écroués sous le
n° 36, et que l'on instruisait leur procédure dans

le plus grand secret, selon la méthode usitée en
Vireloup, où ils disent que c'est en symbole du
secret des procédures, que la déesse Thémis est
représentée les yeux bandés.

XIII.

LEUR affaire devenait très-mauvaise, car si, d'une
part, la figure jaune du Maire avait paru éminemment conspiratrice; de l'autre, Pierre Lantara,
dont Milord avait imprudemment revêtu l'habit,
se trouvait être un homme de Balabran exilé pour
avoir dit en plein cabaret, en parlant du gouvernement, que tout ça sentait le mic-mac. De plus, les
espions qui observaient la prison avaient rapporté
que les prisonniers se connaissaient tous les trois;
en sorte qu'il n'y avait plus de doute qu'il n'y eût
concert entr'eux, au sujet d'une vaste conspiration
avec ramifications, tant à l'intérieur qu'à l'extérieur, tendant au renversement de la dynastie ac-
tuelle, et à l'établissement d'un gouvernement semblable à celui du Ginvernais. A ces nouvelles, le roi
de Vireloup, consterné d'épouvante, s'était mis au
lit pour prendre des calmans, après avoir ordon-
né à ses ministres de veiller à ce que la chose publique ne souffrît aucun détriment dans sa personne. Les ministres avaient aussitôt dépêché des

courriers pour assurer le roi du Givernais des
intentions pacifiques de leur cour ; et en même
temps ils avaient fait marcher sur cette frontière
cinquante mille hommes de bonnes troupes, qui
devaient se tenir prêtes à envahir le Ginvernais
au premier ordre, et, en attendant, tirer sur qui-
conque voudrait s'introduire dans le pays. D'autre part, ils avaient créé des tribunaux tout neufs,
fonctionnant plus vite et mieux que les anciens,
afin de juger et pendre incontinent toutes les
ramifications de la conspiration. Ils avaient en
outre nommé des commissions toutes composées
d'hommes respectables par leur position sociale
et par leur fortune, lesquelles étaient chargées de
préparer la liste de ceux qui seraient de la rami-
fication.

XIV.

Ces choses faites, les quatre ministres vinrent
faire leur rapport au roi, qui commença à se remettre et à dire, tout en buvant sa potion et en
regardant son fusil de chasse, qu'il était satisfait.
Sur quoi, le premier ministre remarquant cette
étonnante force de tête (car le roi faisait réellement là trois choses à la fois), ne put s'empê-

cher de le complimenter, en le comparant à César
qui dictait quatre lettres à la fois. Le roi lui répondit : C'est bon ; allez-vous-en, je veux changer
de chemise. Les quatre ministres sourirent décem-
ment à cette brusque saillie, et s'en allèrent à re-
culons, en saluant jusqu'à terre. C'est ce qui fit
qu'ils marchèrent tout le long sur les pieds des
courtisans qui assistaient au petit lever, et qui
avaient tous des durillons, pour avoir trop fait
antichambre. Le roi en rit beaucoup, et les courtisans se mirent tous à rire beaucoup ; les valets
qui étaient dans l'antichambre, entendant rire,
rirent aussi, et ainsi de suite jusqu'au factionnaire
de garde à la porte ; en sorte que la gazette annonça
que le petit lever avait été embelli par l'allégresse
que répandait le rétablissement de sa majesté.

XV.

MALHEUREUSEMENT une circonstance inattendue
vint porter un jour tout nouveau sur la conspiration, et jeter nos trois personnages dans la position
la plus désespérée.

En effet, la commission chargée d'examiner les
pièces saisies sur les conjurés, n'ayant trouvé que
le carnet de Milady, s'était d'abord trouvée dans

un grand embarras, car, d'une part, les tribunaux tout neufs étaient impatiens de juger et de
pendre; mais, d'autre part, elle manquait pour
son propre compte des preuves et documens qui
lui étaient nécessaires pour confectionner la procédure. Or, en Vireloup, si les tribunaux ne pen-
dent jamais sans procédure, les commissions de
leur côté répugnent à conclure sans preuves.

Mais, sur un examen plus attentif du carnet, la
commission n'avait pas tardé à reconnaître qu'elle
tenait le fil de toute l'affaire, et les noms des principaux conjurés : c'étaient l'hôte du Lion-d'Or,
Roset, Frelay, Julien le borgne, Joseph Pralin, et
tous ceux avec qui Milady avait eu des comptes.

Elle passa ensuite à l'état des sommes reçues,
montant à vingt-cinq mille croquelus (argent de
Vireloup). Elle fit traduire la note qu'avait écrite
Milord sur la route, note qui fixait un rendez-vous
prochain; par où elle calcula la date du jour où
devait éclater la conspiration. Enfin, arrivant à dix
pages consécutives remplies de chiffres (c'étaient
les notes de la blanchisseuse), il ne lui restait plus
qu'à trouver la clé de cette correspondance secrète. Ce travail fait, elle arriva à des révélations
immenses, décisives, effroyables et propres à gla-
cer de terreur tous les bons citoyens.

XVI.

D'après cette correspondance, les conjurés
avaient enrôlé vingt-huit joueurs d'orgue de bar-
barie, lesquels jouant pendant huit jours et sept
nuits consécutives devant la caserne du palais,
devaient endormir la force armée. La force armée
une fois ronflant, ils tombaient sur les autorités
civiles, qu'ils mettaient toutes ficelées dans des
balles de coton, lesquelles seraient dirigées aussitôt sur la douane. Là, des douaniers achetés, qui
auraient l'air de s'assurer du contenu, les larde-
raient indignement, sous prétexte de remplir
leurs fonctions. Les conjurés devaient ensuite
attirer toute la police d'un côté, au moyen de pétards lancés dans les poches des citoyens paisibles
qui se promenaient au jardin public, et, une fois
attirée, ils fermaient les grilles. Alors vingt-
quatre sonnaient le tocsin, douze mettaient le feu
aux poudres, trente-deux affichaient des procla-
mations, cent dix ouvraient le pays aux Ginverniens, deux-cent-vingt proclamaient un gouvernement provisoire, trois mille se déguisaient en
bons citoyens pour entrer dans la capitale, s'introduire au palais, jeter les ministres par la fe-

nêtre, s'emparer de la personne du roi, et lui offrir la constitution ou la mort. Voilà ce qu'on découvrit dans le carnet. Aussi, plusieurs membres de la commission eurent besoin d'éther et de boissons chaudes, pour pouvoir achever cette lecture.

XVII.

Il y aurait eu pourtant encore quelques chances pour que la vie au moins fût laissée à nos trois personnages, sans les résultats funestes des interrogatoires, que nous nous faisons un devoir de rapporter mot pour mot. Le Maire comparut le premier.

Le Président. — Qui êtes-vous?

—Salomon Textuel, ci-devant maire de la commune de Brinvigiers.

—Pourquoi êtes-vous en chemise?

—Parce que je suis sans culottes. (Mouvement de surprise et d'effroi. Trois membres tirent leurs flacons, huit pâlissent.)

—Quels étaient vos projets?

—De retrouver la force armée, afin de me

mettre à sa tête, après quoi le reste me devenait facile.

—Qu'appelez-vous le reste?

—C'était de reconstituer la commune, de déposer les autorités actuelles, et de punir les coupables.

Un membre de la Commission. — Je prie M. le Président de demander à l'accusé s'il ne frémit pas d'horreur en pensant aux conséquences.

Le Président. —Accusé, ne frémissez-vous pas d'horreur?

—Oui.

—Cela suffit. Qu'on amène l'autre.

XVIII.

Milord fut amené devant la Commission.

Le Président. —Accusé, qui êtes-vous?

—Do you speak english?

—Songez que vos tergiversations peuvent vous perdre.

—I do not speak your durty giberish.

Un membre. —La commission verrait avec plaisir que M. le Président passât à une autre question.

LE PRÉSIDENT. — La Commission ne doit pas oublier que les pouvoirs du président l'autorisent à diriger la procédure comme il l'entend, et qu'il pourrait voir avec déplaisir l'intention d'imposer la moindre entrave à l'indépendance de ses fonctions. (Chuchottemens dans la Commission. Tous protestent intérieurement contre le despotisme du président, tandis qu'extérieurement ils prennent une prise de tabac). *A l'accusé*: Quels étaient vos projets?

—You are a stupid man.

—Que signifie le rendez-vous dont il est question à la pièce saisie sous le n° 6?

—You are a donkey, a stupid fellow, a dancing master.

LE PRÉSIDENT.—Accusé! puisque vous persévérez dans ce système de ruse, nous allons passer à un autre.

MILORD à la Cour (après avoir donné huit coups de pied dans le derrière de l'huissier qui veut le reconduire):

Tell me, what have I done? say, fools! Why am I your prisoner? Finish quickly this farce, or I shall inform my government of your detestable proceedings against an English man. Tell me, what have I done, or my wife Clara ? Tell me, I say, fools, asses, donkeys, dancing masters, absurd men !

Milord s'échauffait, et, en disant ces derniers mots, il se campait comme un accusé qui boxerait volontiers ses juges ; en sorte que le Président fit un signe, et huit gendarmes l'emmenèrent sans accident.

XIX.

MILADY comparut ensuite :

LE PRÉSIDENT —Qui êtes-vous ?

—Ce n'été pas voter affaire.

—Pourquoi avez vous conspiré ?

—Je n'avé pas transpiré. Vos été iune malproper.

—Racontez les détails de votre arrestation.

—Je voulé iune chaise.

LE PRÉSIDENT.—Je vais consulter la Cour.

(Après deux heures de délibération) : La Cour a décidé que vous resteriez debout.

—La cour été iune stupide, je voulé iune chaise.

—Accusée! vous manquez à la Cour. Je vous invite à rentrer en vous-même. Reconnaissez-vous ce carnet comme vous appartenant?

—Uï; c'été ma caarnet que vos avé volé.

—Je vais consulter la Cour pour savoir si l'interrogatoire peut être continué sur ce ton. (Après deux heures de délibération), *le Président* : La Cour décide que la raison d'état exige que l'interrogatoire soit continué, et que les expressions injurieuses seront considérées comme non avenues. Quels étaient vos projets?

—Ma project, il été de soortir de cette détestabel pays, où vos été tute des impeertinentes. Voter douane avé piqué moi dans la dos, et j'avé saigné beaucoup. Oh! had I the power! I would prove to you that an English woman is not to be insulted by such a mob as you are all, and you among the first!

—En supposant que vos joueurs d'orgue fussent parvenus à endormir la force armée, auriez-vous assassiné la magistrature?

—Uï. Voter magistrature, il été iune beast.

—Avez-vous des pétards sous votre robe?

—Taisez-vos, insolente! (Ici Milady fait les cornes au président. Sur quoi l'huissier voulant l'en

7

empêcher , elle lui donne un soufflet qui le renverse contre un membre de la commission, qui
tombe sur l'autre, et de rang en rang en couche
quinze sur leur banc.) Le Président pâlit et dit:

—Accusée, vous avez épuisé l'indulgence de la
Cour. Qu'on la reconduise en prison; et si elle se
livrait à de nouvelles violences, qu'il lui soit mis
le corset de force. (Deux gendarmes s'appro-
chent.) Milady, croyant qu'on en veut à son corset,
saisit successivement un encrier, trois chapeaux
de juges, une escabelle, un verre d'eau sucrée,
deux liasses de pièces saisies, une perruque de
greffier et cinq paires de lunettes, qu'elle lance
à la figure des deux gendarmes. Le Président pâlit de plus en plus, et finit par se couvrir. L'huissier va appeler le poste voisin; soixante-et-dix
hommes cernent la maison, montent au pas de
charge, forment le blocus de Milady, s'en empa-
rent, et la reconduisent en prison.

XX

LA commission, tremblante de peur, fouilla
d'abord dans ses poches pour être sûre qu'il n'y
avait point de pétards; puis, quoique le président,

à raison de cette pénible scène, fût atteint de vio-
lentes coliques, elle décida que l'on jugerait sans
désemparer.

La délibération fut courte, mais les conclusions
furent terribles. La Cour condamnait les trois ac-
cusés à être transférés nuitamment dans la capitale, pour y être pendus sur la grande place, au
carnaval suivant, par façon de réjouissance popu-
laire; après quoi leurs corps seraient de nouveau
transférés à Balabran, et exposés pour l'exemple
à la tête du pont qui fait face au Ginvernais.

XXI.

Cependant les formes respectueuses et légales
qu'avait observées le Maire dans son interrogatoire, ayant intéressé la commission en sa faveur,
elle avait décidé d'adresser pour lui au roi une requête en commutation de peine. La requête rédi-
gée, elle fut portée à la capitale par un courrier
extraordinaire, à qui les bons citoyens devaient
fournir gratuitement sur sa route nourriture,
rafraîchissemens et chevaux (il en tuait deux à
l'heure); ce que je cite pour montrer avec quel
soin le gouvernement paternel de Vireloup évite

de surcharger le trésor, ce qui conduit toujours à
augmenter les impôts. C'est d'après ce même
principe qu'il loge ses troupes chez le particulier,
et perce ses routes par corvées, comme l'établit
dans son grand ouvrage, *De itineribus et canali-*
bus, absque ærarii detrimento, construendis, le
sieur Desperraux, architecte pensionné et écono-
miste assermenté, membre de l'académie de Vireloup, directeur des routes et canaux, et premier
fabricant de chocolat de Son Altesse Madame la
duchesse de Pingoin, nièce du roi de Vireloup.

Au bout de six jours, le courrier descendit à
l'hôtel du ministre de l'Intérieur, à qui la requête
fut remise. Celui-ci se rendit aussitôt chez le roi,
qui, dans ce moment, prenait du punch. Après
sept salutations solennelles, il lui remit le papier;
sur quoi le roi lui dit, en posant la feuille sur un
guéridon : C'est bon. Allez-vous-en.

En effet, le roi était occupé dans ce moment à
observer les jeux de son fils aîné, jeune enfant
d'une haute espérance. A peine âgé de quinze ans,
il montrait les plus heureuses dispositions, et passait au palais pour devoir être l'honneur d'une dynastie toute de héros. L'on venait, en particulier,
au moment où était entré le ministre, de lui dé-
couvrir une haute aptitude pour l'art nautique,
sur ce que, de lui-même et sans aucun secours
des personnes de l'art, il venait de faire un petit

bateau de papier, et que, l'ayant posé sur le bol de
punch, il avait eu l'idée de le faire cheminer en
soufflant dessus. A ce trait d'une rare précocité,
les courtisans avaient manifesté la plus vive ad-
miration, au point que plusieurs s'embrassaient
en forme de félicitation, étant glorieux d'avoir à
servir sous un tel prince. Aussi le petit bonhomme
voulant renchérir encore sur ce qu'il avait fait,
prit la requête sur le guéridon, la divisa en quatre
parts, dont il fit quatre nouveaux navires, et les
posant sur le bol, il fit manœuvrer cette flotte en
criant : *tribord! bâbord!* pendant que les courtisans en étaient à se pâmer, faute de s'être réservé
des expressions assez fortes pour peindre leur délicieuse surprise. Le roi enchanté, nomma aussitôt
son fils grand-amiral et commandant en chef de
toutes les flottes du royaume.

XXII.

DE cette manière la requête voguait sur le bol de
punch, fortement compromise. Néanmoins le roi
s'étant levé pour prendre l'air dans ses jardins,
ordonna que l'on mît ces papiers de côté. La requête fut donc séchée au feu, et portée dans son
cabinet. Le roi l'y vit en rentrant; mais comme,

le punch lui avait légèrement dérangé l'estomac,
il alla se mettre au lit, d'où il fut dans le cas de
se lever par trois fois, tant il avait de malaise. Le
lendemain, la requête était encore dans la chambre, mais plus sur le bureau. Vers le milieu du
jour, elle n'était plus ni dans le bureau, ni dans
la chambre ; et Paul Farcy, dans le temps fermier
des boues, m'a raconté qu'un jour, faisant travailler aux canaux du palais qui manquaient de
pente, un ouvrier trouva trois morceaux de papier, qui, juxta-posés, formaient une feuille que
je crois être la dite requête, me fondant prin-
cipalement sur ceci, que le roi n'avait pas été bien
cette nuit-là.

XXIII.

Le terme de recours en grâce étant écoulé, les
trois prisonniers furent acheminés nuitamment
sur la capitale, sous la garde de quatre soldats
que commandait un caporal de confiance.

Mais un admirable concours de circonstances
devait amener leur délivrance à point nommé.
A peine avaient-ils marché deux heures à la lueur
des étoiles, que le caporal de confiance tomba

percé de deux coups de baïonnettes, dont l'un, transperçant les entrailles, lui fit pousser un horrible cri ; tandis que l'autre, traversant l'oreillette gauche, éteignait et le cri et la vie. Cet homme était Jean Baune, le repris de justice, l'assassin de Lantara, caporal de confiance en Vireloup, brigand en Ginvernais, où il allait en congé dévaliser les passans.

Les auteurs de ce beau coup, étaient Blême et Rouget, cette force armée que nous avons laissée au sommet des airs, à la poursuite du docteur Festus, et gardant sous l'influence de l'habit une exacte discipline. Après avoir pirouetté pendant dix jours, sans rencontrer personne qu'un mouton (j'entends un mouton enlevé par un aigle), ils avaient commencé à paraboler vers la terre, en pivotant la tête en bas, à cause du poids des armes ; puis, avec une impétuosité qui tenait plus de la gravitation que de la vaillance, ils s'étaient venu ficher dans l'impie poitrine d'un lâche scélérat. Après quoi ils se défichèrent, et reprirent leur route à travers champs sans aucune discipline. L'habit était trop loin.

Au cri de mort qu'avait exhalé Jean Baune, les quatre soldats, certains d'être tombés dans une affreuse embuscade, s'étaient enfuis à toutes jambes, en déchargeant leurs armes au hasard ; d'où ils tuèrent huit poules dans la basse-cour du sieur

Coquard, lequel, dès le lendemain, acheta, pour trois écus patagons, une trappe à prendre les renards.

C'est ainsi que furent merveilleusement délivrés Milord, son épouse et le Maire. Ils purent gagner avant le jour la frontière du royaume de Vireloup, d'où ils s'échappèrent comme des brochets d'une nasse, se promettant bien que jamais ils ne s'y laisseraient reprendre. Leurs infortunes les avaient réconciliés ; en sorte qu'au bout du pont ils se serrèrent la main avant de se séparer, et Milord engagea beaucoup le Maire, lorsqu'il aurait retrouvé ses habits et réglé les affaires de sa commune, à venir le voir en Angleterre, dans son grand château d'Ingleness, où ils chasseraient ensemble au renard.

FIN DU QUATRIÈME LIVRE.

Livre Cinquième,

Où le docteur Festus est retrouvé par sir John Guignard, dans la constellation du Capricorne.—Guignard est réfuté par Lunard, qui est réfuté par Nébulard.—Comment la Société Royale eut mal au ventre.—Le docteur Festus, voyageant en télescope, repart par la tangente, avec trois commissaires et trois perruques.— Pourquoi l'astronome Apogée fut fait comte et demanda son divorce.—Les trois commissaires s'empoignent sur l'hypothèse.— Comment Milord et Milady burent l'onde amère.—Malheurs de M. Apogée en caleçons, et de Mᵐᵉ Apogée en peignoir.

I.

Le docteur Festus continuait son voyage d'instruction par le haut des airs, et il était parvenu à une telle hauteur, qu'il voyait la terre comme une grande boule, où il ne distinguait plus que les continents et les mers : celles-ci d'un beau bleu d'azur, et les terres d'une couleur lumineuse et suave. Il eut l'occasion de vérifier la justesse de l'hypothèse de J.-C. Simmes, en voyant que les pôles sont effectivement percés d'un grand trou,

au fond duquel on aperçoit des matières incandes-
centes. Les bords du trou, fécondés par la chaleur, sont couverts d'admirables pelouses, sur lesquelles il distingua des troupeaux immenses de
mammouths et de mastodontes, animaux qu'on
ne trouve plus que fossiles, en-dehors de la zone
glacée qui entoure cet Éden verdoyant.

Mais dans ce moment il lui arrivait une chose
bien singulière. Il avait atteint le plan d'intersection qui sépare la sphère d'attraction de la terre,
de celle de la lune; en sorte qu'ayant le buste dans
l'une, et les jambes dans l'autre, il restait immobile, également sollicité par les deux astres; seulement il observait que son corps en prenait de
l'alongement, sans que toutefois les organes vitaux
en fussent altérés. Ce qui l'étonna encore, ce fut
de remarquer une foule d'aérolithes arrêtés, dans
la même situation et pour les mêmes causes que
lui, sur cet immense plan d'intersection, où ils
surnageaient comme des tronçons de bois sur un
océan sans rivages; selon qu'ils se corrodent dessus ou dessous, les débris qui s'en échappent gra-
vitent vers la lune ou vers la terre, où ils four-
nissent aux hypothèses des savants. Le docteur
se trouvant à portée de l'un des plus gros, voulut
s'y asseoir; mais à peine l'eût-il touché, que l'é-
quilibre d'attraction se trouvant rompu, l'aérolithe gravita vers notre terre avec une vitesse pro-

digieuse, et c'est celui qui se voit encore dans l'église cathédrale du bourg d'Asnières, où ils en ont fait leur maître-autel. D'où est venu leur surnom de gobe-la-lune, parce qu'ils regardent toujours au ciel s'il leur vient des maîtres-autels.

Du reste, le docteur Festus n'avait jamais éprouvé un bien-être aussi grand. En même temps que son corps s'alongeait, sa pensée s'agrandissait en s'épurant, et devenait comme un miroir pur où se réfléchissait la splendeur de la création. Ces sensations célestes le confirmaient toujours plus dans l'idée que, endormi dans l'auberge du Lion-d'Or, il poursuivait le cours de son grand rêve, tout en s'élevant aux sommités d'une science surhumaine.

II.

Cependant l'astronome Guignard, qui habitait en Rondeterre (c'est un grand royaume insulaire au nord du Ginvernais), ayant mis l'œil au bout de son télescope, qui se trouvait être par hasard braqué sur le docteur Festus, crut apercevoir à l'autre bout un corps quelconque. Il pensa d'abord que c'était un *mus œconomus* qui s'était logé entre les lentilles de l'instrument, qu'il fit nettoyer à fond, et garnir de mort-aux-rats et de souricières. Il crut ensuite que c'était une cataracte qui commençait à se former sur son œil, d'où il prit des bains de soufre, et s'injecta les paupières d'acétate de morphine. Changeant ensuite de traitement, il se fit faire un emplâtre de graine de lin, et ne mangea plus que des œufs cuits dur. Après quoi, la tache durant toujours, il s'astreignit à un système purgatif gradué, doublant la dose chaque jour, jusqu'à ce qu'ayant diminué de soixante-deux livres (poids de seize), et faisant la réflexion toute naturelle que, si c'était une cataracte, elle affecterait tout aussi bien l'œil nu que l'œil armé, il cessa tout traitement, et se convainquit que c'était un nouveau corps céleste. Il procéda aussitôt aux observations, et ayant écrit un mémoire de trois coudées de long, il se rendit, son rouleau sous le bras, à la Société Royale, qu'il avait fait convoquer pour une communication importante.

III.

Après avoir bu l'eau sucrée : « Il était réservé à notre siècle, dit Guignard, de s'illustrer par des progrès de tout genre. Il était en particulier réservé à cette assemblée, dont j'ai l'honneur de

faire partie, de s'élever au-dessus de toutes les autres par l'immensité de ses travaux et la grandeur
de ses découvertes. (Ecoutez, écoutez!) Avant que
je vous communique, Messieurs, celle dont le sort
a gratifié ma faiblesse, permettez que je trace un
aperçu rapide des progrès qui ont signalé la marche de l'esprit humain dans la science de l'astronomie. »

Ici Guignard établit que les premiers hommes
n'ont pu avoir des connaissances profondes en
astronomie, et discute en particulier la question
relative à la tour de Babel : à savoir si elle fut un
phare, un clocher ou un observatoire ; et il conclut pour le doute. Avant de passer outre, il jette
un coup d'œil sur l'ensemble des peuples antédi-
luviens, examinant en passant s'il est possible de
fixer trigonométriquement la hauteur du mont
Ararath, ce qui le conduit à des considérations
géodésiques qui terminent son exorde. Après quoi
il boit un verre d'eau sucrée ; les savants baillent,
plusieurs toussent, et cinquante-deux éternuent
dans leurs jabots.

IV.

Guignard passe ensuite à la Chaldée, à Babylone
et l'Egypte. Il traite en détail des obélisques, des

pyramides et du puits de Syène, qui est sans ombre
à midi. Il oppose Sanchoniaton à Bérose, et conteste le voyage d'Hannon autour de l'Afrique. Il
fixe en passant la position d'Ophir, d'où les vais-
seaux de Salomon rapportaient de l'or, et donne
son opinion particulière sur la chronologie de
Newton, en ce qui concerne la dynastie des rois
d'Égypte, ce qui le conduit à fixer avec précision
la nature et la position du nilomètre. Après quoi
il boit de l'eau sucrée; quelques savants ouvrent
un œil, trente-six changent de position sans se réveiller, deux l'écoutent attentivement et prennent
des notes.

Guignard revient ensuite en arrière pour remonter aux Phéniciens et à leurs colonies, et fait
en passant l'histoire des peuples pasteurs, ces peuples estimables qui regardent les astres au lieu de
garder leurs moutons. Il fait une excursion à la
Chine, revient au zodiaque de Dendirah, lit une
note accessoire sur la statue de Memnon, passe
à la Grèce, à Rome, et suit pas à pas les astronomes d'Alexandrie sous les Lagides. Alors il dé-
roule tout le système de Ptolémée, il conteste l'au-
thenticité de la phrase où Cicéron pressent le système de Copernic; puis, revenant aux Olympia-
des, il passe de là au cycle de Méton, et termine
son exposition par un résumé général de la connaissance des temps chez les peuples de la Trace

pélasgienne. Après quoi, il boit un verre d'eau sucrée, et rajuste ses manchettes. Deux savants prennent des notes, cinquante-un ronflent en faux-
bourdon, quatre rêvent un cheval marin qui
déambule dans un gyre spiral.

Guignard dépeint en détail l'invasion des Bar-
bares, et s'attache à porter la lumière dans les
ténèbres du moyen âge. Il cite Charlemagne et
Théodoric, consacre douze pages à Ticho-Brahé,
et, avant d'arriver à Copernic, il récapitule som-
mairement le tableau qu'il vient de tracer. Puis il
fait une énumération éloquente des travaux de ce
grand homme, passe à Kepler, à Newton, et arrive au sextant de Bradley. Après quoi, il boit un
verre d'eau sucrée, et s'assied quelques instans
pour s'essuyer le front. Deux savans qui ne dor-
ment que d'un œil prennent des notes avec l'autre;
cinquante-cinq rêvent des points et virgules qui
processionnent sur du papier blanc.

Alors Guignard passe en revue le Zodiaque tout
entier; puis, arrivé au Capricorne, il annonce
l'apparition d'une comète opaque qu'il place à
cinq milliards de lieues de la terre, et dont la révolution solaire est de deux cent soixante et dix-
huit ans, vingt jours, trois minutes, deux secon-
des et une tierce.

Tous les savans se réveillent en sursaut, et de-
mandent l'impression, qui est votée à une majo-

rité de cinquante-cinq voix contre deux. Ce sont celles des deux savants qui ont pris des notes, Lunard et Nébulard. La séance est levée, et Guignard reçoit d'unanimes félicitations.

V.

LUNARD et Nébulard se trouvaient être les deux autres astronomes de la Société Royale, composée d'ailleurs de tous les hommes marquans du royaume dans les diverses branches des sciences.

Dès qu'on fut sorti, ils s'abordèrent amicalement, quoique brouillés depuis longtemps, et, reprenant les argumens et les conclusions de Guignard, ils les réduisirent en poudre avec la plus grande facilité, poussant la réfutation jusqu'à la plaisanterie, la plaisanterie jusqu'au calembourg, et le calembourg jusqu'à la bouffonnerie ; au point que Lunard monta sur une borne pour contrefaire les gestes et le ton de son collègue Guignard, d'où il fut signalé à la police comme un radical qui pérorait dans les places ; en sorte qu'il ne fut relâché que sur caution.

Mais dès qu'il fut rentré chez lui, il s'occupa de rédiger sa réfutation, et ayant convoqué la Société Royale, il s'y présenta avec un mémoire de cinq

coudées, dans lequel il reprit pas à pas l'argumentation de Guignard, à commencer par la tour de
Babel, et à finir par le sextant de Bradley. Ensuite
il pulvérisa ses conclusions, et, arrivant à sa propre hypothèse sur le corps céleste en question, il
prouva jusqu'à l'évidence que ce n'était autre
chose qu'un aérolithe ferrugineux et lunaire, qui
devait être classé parmi les météores de seconde
classe, et dont la distance était de vingt-huit milliards de lieues et non de cinq, comme on n'avait
pas craint de le prétendre.

Pendant ce discours, qui dura neuf heures
d'horloge, Nébulard prit des notes constamment,
tandis que ses collègues sommeillaient les bras
croisés. A la fin ils se réveillèrent tous pour féli-
citer vivement Lunard, dont ils approuvèrent
tous les raisonnemens sans exception ; en sorte
que Guignard avait réellement du dessous.

VI.

NÉBULARD avait trouvé l'argumentation de Lunard faible, et ses conclusions fausses. Il ne le cacha point à sa femme ni à sa servante ; celle-ci lui
répondit que cela ne l'étonnait point, que Monsieur Lunard était un ladre, qui ne lui avait ja-

8

mais donné un sou de bonne main quand il dînait
chez eux, et qu'ainsi elle était bien aise de voir
qu'il ne fût qu'un sot comme elle l'avait toujours
pensé. Nébulard trouva ce jour-là que sa servante
avait un esprit infini, et il ne craignit pas de dire
à un de ses collègues qu'elle en avait plus que
Lunard, infiniment plus. Il se mit ensuite à
l'œuvre, et composa une réfutation de dix coudées. Il pulvérisait d'abord Lunard ; il pulvérisait ensuite Guignard ; après quoi, il établissait et
prouvait jusqu'à l'évidence que le corps céleste
en question n'était autre chose que la nébuleuse
déja observée par Sosigènes sous Jules-César.
Aussitôt qu'il eut achevé sa lecture, il reçut les félicitations unanimes des savans, qui approuvèrent
sans exception ni réserve tous ses raisonnemens,
en sorte que Lunard et Guignard avaient réellement du dessous.

VII.

PENDANT que ces choses se passaient, Guignard,
resté chez lui, ne perdait pas de vue son astre, dans
lequel il croyait remarquer des modifications
éminemment inquiétantes. Les choses en vinrent
au point qu'il crut de son devoir de convoquer la

Société Royale pour le jour même. Il quitta donc
un moment le télescope, pour aller hâter cette con-
vocation. Son visage était déjà tellement altéré
par l'angoisse, que Madame Guignard l'inonda de
vinaigre des quatre voleurs; mais il ne fut soulagé
que par des évacuations qui survinrent.

Il s'était en effet opéré de grands changements
dans la situation du docteur Festus. Au moment
où était tombé de sa tête le chapeau qui avait été
si fatal à la commune, l'équilibre d'attraction
avait été rompu, et le docteur avait commencé à
paraboler vers notre terre. C'est ce qui avait pro-
voqué les inquiétudes de Guignard, qui prévoyait
un choc imminent; car, ayant calculé la marche
de sa comète opaque, il s'était convaincu qu'avant
vingt-cinq ans révolus, elle tomberait sur sa tête, ou
sur celle de ses descendans. A la vérité, n'ayant pas
d'enfants, il s'inquiétait peu de ses descendans,
mais il n'en tremblait que davantage pour lui-même.

Le docteur Festus, pendant que Guignard con-
voquait, avait continué de paraboler avec une vitesse qui croissait comme le quarré des distances
diminuait. Déjà il distinguait les montagnes, puis
les prairies, les clochers, les bestiaux, les bourgeois,
enfin le télescope, dans lequel il vint plonger
comme une grenouille dans un puits. Par bonheur l'instrument qui était suspendu à deux
bras mobiles de trente pieds de haut, bascula

mollement ; de manière que la force de projec-
tion s'anéantissant contre une surface qui cédait,
le docteur se trouva, sain et sauf, appliqué contre la grosse lentille du milieu, à peu près comme
une salamandre contre les parois d'un bocal.

VIII.

Guignard, après avoir donné ses ordres, revint
au télescope, pour juger des progrès de sa comète
opaque. A peine eut-il aperçu le corps blafard et
indistinct, qu'il tomba à la renverse, en criant :
Holà ! eh ! ah ! aie ! hoé ! hui ! haü ! sur quoi
sa femme accourut avec une tasse de camomille,
en maudissant ce télescope, qui était la cause de
tous les malaises de son mari. Sir John Guignard
but la camomille ; mais n'osant remettre l'œil au
télescope, il engagea sa femme à le faire pendant
qu'il s'éloignait à dix pas, tout tremblant et regardant si, au besoin, il y aurait un abri. Madame
Guignard regarda, et lui dit qu'il n'était qu'un
poltron, que le verre était sale, et voilà tout. Sur
quoi Guignard lui dit : Ah ! Sara, que vous êtes
heureuse d'être ignorante.

Dans ce moment, on vint prévenir Guignard
que la Société Royale l'attendait au complet. Il s'y

rendit aussitôt, sans chapeau, sans perruque, en robe du matin, et avec tous les signes d'un grand désordre physique et moral.

IX.

GUIGNARD étant extraordinairement ému, et de plus très-essoufflé, ne put de long-temps rien articuler; ensorte qu'il était réduit à gesticuler. Il montrait du doigt le plafond, puis le rabaissait vers la terre, puis des deux mains figurait un choc, puis il recommençait; jusqu'à ce que cette pantomime, ayant excité l'hilarité de l'assemblée, il s'ensuivit un rire universel si éclatant, que la maison en vibrait sensiblement, et que Guignard ravalait des lobes énormes de bile aigrie. A la fin ayant retrouvé son souffle : Riez, Messieurs; leur cria-t-il, la comète opaque n'est plus qu'à six millions de lieues! Riez bien! Elle fait vingt lieues par seconde! Riez donc! Notre planète va être anéantie! Riez à présent!!!

Pendant que Guignard parlait ainsi, les savans consternés de peur et saisis d'un mal de ventre aigu, s'étaient levés comme un seul homme pour aller faire leur testament. Dans leur empressement ils culbutaient parmi les chaises, et les plus forts enjambaient leurs collègues indignés, pendant qu'ils étaient eux-mêmes enjambés par d'autres collègues, effrayés de se voir les derniers. Il en résultait une telle presse à la porte, que plusieurs en sortirent aussi aplatis qu'une jonquille d'un herbier, et que tous y laissèrent leur perruque et leurs pans d'habit, entr'autres, Lunard et Nébulard, qui avaient provisoirement abandonné leur hypothèse; en sorte que Guignard avait réellement du dessus.

X.

CEPENDANT de l'autre côté du détroit, les savans de Mirliflis, qui est la capitale du Ginvernais, ayant reçu communication de la découverte de Guignard, s'abymaient les yeux sur le zodiaque, sans pouvoir rien trouver. C'est que la lettre de la Société royale leur étant parvenue après la chute du docteur dans le télescope, il leur devenait en effet impossible de vérifier l'existence de la comète opaque; en sorte que plusieurs commençaient à concevoir une pauvre idée de leurs collègues de Ronde-Terre, dont, déja auparavant, ils avaient une idée très-pauvre. A la fin, l'Institut fut convoqué pour délibérer sur la réponse à faire à la

Société royale. Tous les savans s'y rendirent,
ayant chacun un emplâtre noir sur l'œil droit,
pour avoir trop regardé le zodiaque.

L'astronome Parallax, ayant demandé la parole, commença par faire l'éloge de la dynastie
régnante en Ginvernais; puis, passant à celui du
corps savant auquel il avait l'honneur d'appar-
tenir, il le nomma la lumière d'un pays qui était
lui-même la lumière du monde, et, en quelque
sorte, le cerveau de la civilisation. Il fut écouté
avec plaisir, et but un verre d'eau sucrée, pendant
qu'un murmure flatteur circulait par les bancs.

L'astronome Parallax, ayant repris la parole,
prouva, en premier lieu, que le Ginvernais avait
précédé toutes les autres nations dans les arts et dans
les sciences. En second lieu, il établit que le Ginvernais possédait encore, en ce moment, les plus
éminens astronomes. En troisième lieu, il affirma
que le Ginvernais n'avait rien à envier à ses voi-
sins; puis, venant à l'affaire principale, il prouva
jusqu'à l'évidence, qu'il n'y avait, au contraire,
jamais eu moins d'astres au zodiaque que dans ce
moment; en sorte qu'il proposait d'insérer au procès-verbal que la Société royale de Ronde-Terre
s'était complètement fourvoyée dans sa prétendue
découverte, et cela, faute de connaissances suffi-
santes que l'Institut se serait fait un plaisir de lui
donner, s'il en eût été requis convenablement.

Parallax fut vivement applaudi, et ses conclusions, votées sans discussion, furent adressées à
la Société royale par l'entremise des questeurs de
l'Institut.

XI.

La lettre étant parvenue au président de la Société royale, celui-ci convoqua ses collègues; mais
ils étaient encore tellement annihilés par l'effroi
qu'avait produit la découverte de Guignard, que
huit seulement se rendirent à l'assemblée le jour
convenu. Ils décidèrent à la hâte que les savans
de Mirliflis s'étaient complétement fourvoyés faute
de bons instrumens, et arrêtèrent qu'on leur en-
verrait le meilleur télescope de Ronde-Terre, qui
se trouvait être celui de Guignard. En outre, ils
nommèrent, pour accompagner l'instrument, une
commission de trois membres : c'étaient Guignard, Lunard et Nébulard; après quoi, ils retournèrent chez eux en toute hâte, pour achever
leurs dispositions testamentaires.

Le télescope fut donc chargé sur un char cons-
truit exprès, et que traînaient douze paires de
bœufs, conduits par douze argousins, qui leur piquaient le derrière jour et nuit pour les faire trot-

ter. C'est de cette manière que le docteur Festus reprit son grand voyage d'instruction, jusque-là si heureusement commencé. Il aurait toutefois plus joui de cette promenade, sans la mort-aux-rats qui lui causait des éternuemens indomptables. D'ailleurs il se prenait à chaque instant les doigts ou les pieds dans les souricières apposées par Guignard; mais il prenait patience en songeant que tout cela était rêve, illusion, par conséquent passager et sans réalité.

Le télescope arriva, au bout de cinq jours, au bord de la mer. Là il fut chargé sur un paquebot à vapeur qui devait lui faire passer le détroit, ainsi qu'aux commissaires. Ceux-ci, ayant ordre de ne pas perdre de vue l'instrument, s'y tenaient enfourchés jour et nuit, comme des artilleurs sur leur canon. C'est ainsi que le docteur Festus voyagea sur mer pour la première fois. Mais il éternuait toujours.

XII.

Au milieu du détroit, le paquebot, qui avait une machine de la force de trois mille six cents chevaux, un âne et un demi-poulain, vint à sauter avec une explosion terrible. Le télescope, qui se

trouvait sur le pont avec les trois commissaires
enfourchés, fut lancé à une hauteur immense, in-
férieure pourtant à celle où était parvenu précé-
demment le docteur Festus. Il était accompagné
des trois perruques des commissaires, lesquelles,
par la force de l'explosion, avaient subi un dépla-
cement qui laissait à nu le chef des trois astronomes.

XIII.

Dans ce moment l'astronome Apogée, savant
ginvernais, se promenait à l'œil nu dans sa maison de campagne, à trois lieues de Mirliflis, lorsqu'un des vingt-huit observateurs salariés qu'il
employait à regarder le ciel jour et nuit, vint lui
annoncer l'apparition du nouveau corps au haut
des airs. Aussitôt l'astronome Apogée, après s'être
assuré de la chose, fit seller sa jument et s'armant
d'une longue vue, galopa jusqu'à Mirliflis sans
perdre son astre de vue. D'où il passa sur le ventre de cinq enfans, deux magistrats, trois femmes,
neuf canards, cinq cochons d'Irlande et un veau
gras, comme je l'ai collationné moi-même sur le
procès-verbal qui fut dressé par Jean Patu, mon
aïeul maternel, qui était adjoint de l'endroit.

L'Astronome Apogée débotta à l'Institut même, qui se trouvait assemblé pour entendre un mémoire sur un nouveau moyen de faire du sucre de raisin avec des têtes de fourmis. Il fendit la presse, poussa droit à la tribune, et n'eut que la force de s'écrier! Une planète immense!.... opaque!.... allongée!.... fortement habitée!! Trois satellites!!! (c'étaient les trois perruques). Ici les bravos étouffèrent la voix de l'orateur, et tout l'Institut, par un mouvement spontané, se leva en criant: Trois satellites! vivent les Barbons! C'était le nom de la dynastie régnante en Ginvernais.

Dès que le calme le permit, il fut arrêté, séance tenante :

1° Qu'il y avait planète et trois satellites avec habitans ;

2° Que la priorité de la découverte appartenait au Ginvernais ; soit à cause des trois satellites, qui faisaient tout le prix de la découverte, soit éventuellement, parce que Guignard était fils d'un père qui descendait d'un aïeul, dont le grand-père maternel avait épousé la nièce d'une femme du Ginvernais.

Après quoi, l'Institut plein de joie vota une députation au roi, pour le complimenter sur cette découverte, et s'en alla dîner. L'astronome Apogée retourna à sa maison de campagne, où il reçut le soir même la croix d'honneur et le titre de comte, pour lui et ses descendans à perpétuité; ce qui amena son divorce deux ans après, car il n'eut pas d'enfans de sa première femme.

XIV.

Pendant que ces choses se passaient à Mirliflis, le télescope, lancé par l'explosion, poursuivait sa course en parabole ascendante. Les commissaires qui s'étaient tenus pour morts dès le moment de l'explosion, commençaient à revivre en voyant que leurs organes vitaux n'avaient souffert aucune altération notable, et que toutes leurs idées étaient en place, en particulier leurs hypothèses respectives. Pour le docteur Festus, à force d'éternuer les siennes, il ne s'était aperçu de rien, et se croyait toujours à l'hôtel du Lion-d'Or, rêvant qu'il était voituré par les douze bœufs.

Néanmoins Guignard, rappelé à son hypothèse en même temps qu'à la vie, s'étant mis à soutenir de cinq nouveaux argumens sa comète opaque, il s'ensuivit une scission, dans laquelle il eut contre lui les deux autres commissaires Lunard et Nébulard, qui l'acculèrent tellement, que Guignard, faute d'être au pied du mur, se trouvait sur le fin bout du télescope, après avoir disputé le terrain pouce à pouce.

Le docteur Festus entendant quelque bruit, eut d'abord l'idée que c'était son mulet qui mordait sa crèche dans l'écurie du Lion d'Or, jusqu'à ce qu'ayant vu les deux pans de l'habit de Guignard se détacher en silhouette sur le jour circulaire qui terminait sa retraite télescopique, il s'en approcha et les saisit, juste au moment où Guignard culbutait, poussé à bout dans les derniers retranchements de son hypothèse et du télescope. Guignard, hissé dans l'instrument, intenta aussitôt au docteur une kyrielle d'argumens tous neufs, tendant à établir toujours mieux son hypothèse. Le docteur prit la chose à merveille, et rétorqua syllogistiquement.

Après la défaite de Guignard, Lunard en avait conclu le triomphe de son hypothèse ferrugineuse et lunaire, tandis qu'au même moment, Nébulard en concluait le triomphe de son hypothèse nébuleuse. D'où résulta une scission nouvelle, qui amena un résultat identique; en sorte que les trois savants se trouvèrent hissés dans le télescope, où ils ne tardèrent pas à s'empoigner sur l'hypothèse. Le docteur Festus fit alors sa retraite dans le fond, emportant avec lui toute sa dialectique, qu'il craignait de compromettre au milieu des gesticulations effrénées de ses trois compagnons.

XV.

Milord et Milady, que nous avons laissés au bout du pont de Balabran, bien contens d'avoir échappé à la police de Vireloup, étaient rentrés en Ginvernais. A la première ville qu'ils purent atteindre, ils écrivirent chez eux, afin de se procurer les fonds nécessaires pour leur retour, et dès qu'ils les eurent reçus, ils se mirent en route. Après avoir traversé tout le Ginvernais, ils arrivèrent au port de Furtaye, où ils s'embarquèrent sur le paquebot le *Sauteur*, capitaine *Rougeface*, dans le temps même où le télescope parabolait dans les airs.

La navigation fut d'abord très-heureuse, à l'exception du mal de mer qui secoua vivement Milord, déjà malade du diaphragme. Le second jour, on aperçut en l'air un corps étranger, qui fut pris d'abord pour un nuage, puis pour un vol de grues, puis pour un ballon, et enfin pour une trombe solide qui arrivait juste dans la direction du vaisseau, et menaçait de l'abîmer dans les flots. Tous les passagers s'évanouirent. Milord seul et Milady, qui étaient gens de tête, crièrent au mécanicien de forcer la marche pour dépasser la trombe. Celui-ci, perdant la tête, jetait le charbon dans le feu par boisseaux, tandis que le capitaine Rougeface fermait à pareille intention toutes les soupapes de sûreté, les sabords et l'écoutille. Au cinquante-troisième boisseau la chaudière creva par le bas, en sorte que les éclats ayant percé la cale, le vaisseau sombra rapidement. Mais il échappa à la trombe.

Au moment de l'explosion, Milord et Milady allaient mettre la chaloupe à la mer, lorsque voyant le vaisseau sombrer, ils poussèrent à la mer une cage à poulets, et se jetèrent eux-mêmes dans les flots. Tous deux burent l'onde amère, et Milord, revenu le premier à la surface, attrapa Milady par ses papillotes, et nagea vers la cage à poulets, sur laquelle il parvint à s'équilibrer avec son épouse.

Dans ce moment même, la trombe, qui n'était autre chose que le grand télescope, tomba obliquement dans la mer avec ses quatre docteurs inclus, et ses trois perruques satellites. Milord, entendant des voix d'hommes qui partaient de l'intérieur, s'escrima de tous ses membres pour atteindre à ce bâtiment, quelque étrange que lui en parût la forme. Mais son opération était singulièrement entravée par les poulets, qui lui piquaient le ventre avec fureur, ensorte qu'au lieu d'entrer en *humour*, il recommençait à proférer

sa liste de jurons. Il se mit donc préalablement
à noyer les poulets, en leur rentrant la tête sous
l'eau; après quoi, il put avancer plus librement.

Dès qu'il fut à portée, il cria aux gens du télescope: *Do you speak English?* puis il fit silence
pour écouter leur réponse. Mais il n'entendit
qu'un cliquetis d'hypothèses sonores comme des
cymbales, et un carillon continu d'argumens, de
formules, de parallaxes, d'orbites, de périhé-
lies, de parasélènes, d'écliptique, de zénith, de
nadir, d'axe, de tourbillons, de méridien, de
Capricorne, d'attraction, de répulsion, de Pôle,
de solstice, d'équinoxe, de courbe ellipsoïde,
asymptote, brisée, récurrente, spirale, de courant magnétique, électrique, physique et chimi-
que. Milord, peu satisfait de cette réponse, continua de voguer, s'aidant d'un manche à balai qu'il
rencontra, et aborda enfin au télescope dont l'ou-
verture, obliquement inclinée, s'élevait d'environ
trois pieds au-dessus de la surface des flots. Il fut
saisi d'horreur à la vue des dissensions qui re-
tentissaient dans le fond de l'instrument, où,
faute de mieux, il entra néanmoins avec Milady.

XVI.

L'ASTRONOME Apogée, après une nuit délicieuse, se réveillait au murmure flatteur de ses souvenirs de la veille, lorsqu'il entendit ses vingt-huit observateurs salariés monter l'escalier, frapper à sa porte, et demander la permission d'entrer. Madame Apogée cria aussitôt : Gardez-vous-en bien! tandis que M. Apogée leur criait en même temps : Encore un astre! entrez. Cette injonction contradictoire tint les vingt-huit observateurs salariés en suspens, de façon que madame Apogée eut le temps de passer un peignoir, et M. Apogée un caleçon; après quoi il alla ouvrir. Mais il fut terrassé de frayeur à la vue de ses vingt-huit observateurs salariés, dont les vingt-huit mâchoires craquaient de consternation. — Enfin, qu'est-ce, Messieurs? parlez-donc, leur dit madame Apogée, en peignoir. Alors, sans rien dire, ils fondirent en larmes, et ni monsieur ni madame Apogée n'osaient plus les interroger, pressentant quelque chose de sinistre.

À la fin, les vingt-huit observateurs salariés, ayant poussé un grand soupir, s'écrièrent : L'astre n'y est plus! Aussitôt M. Apogée, comme il arrive

souvent dans le passage brusque de l'extrême joie
à l'extrême douleur, perdit momentanément l'esprit, et se mit à chanter la romance :

Lise, entends-tu l'orage ?
Il gronde, et l'air mugit ;
Sauvons-nous au bocage, etc. etc.

Puis il chanta celle-ci :

Je n'irai plus seulette à la fontaine,
Car j'ai trop peur du berger Collinet.

Puis il força madame Apogée à danser le menuet,
et à la cinquième révérence, planta là sa femme,
et s'alla précipiter de la fenêtre dans le jardin.
Heureusement, sa chambre étant au rez-de-chaus-
sée, il ne se fit d'autre mal que de tacher son
caleçon.

Madame Apogée, au désespoir, courut au jardin, en peignoir, suivie des vingt-huit observateurs salariés, dont les dents craquaient toujours
plus fort. Ils trouvèrent M. Apogée qui s'était
perché sur le sommet d'un pommier, dont il
cueillait les fruits avec une grande activité. Madame Apogée, en peignoir, supplia son mari de
descendre, en même temps qu'elle ordonnait aux
ving-huit observateurs salariés d'aller chercher

une échelle. Ceux-ci revinrent, et l'ayant appliquée contre le tronc, ils y montèrent pour aller
enlever leur maître. Mais lorsque M. Apogée les
vit tous sur les échelons, il poussa l'échelle du
pied, et les vingt-huit observateurs salariés tombèrent, le dos parmi les choux et l'échelle sur le
ventre. Aussitôt M. Apogée s'écria : A moi! Ajax,
à moi! d'Assas, Condé, Achille, Pichrocole,
Hector, Charles XII, Ticho-Braé! et en même
temps leur lançait des pommes sur le nez, avec
une rapidité et une adresse vraiment fébriles et
délirantes. Alors les vingt-huit crièrent : Sauve qui
peut! et s'enfuirent en divergeant par les prés, les
vignes et les potagers, malgré les cris de madame
Apogée, en peignoir, qui les suppliait de rester.

Pendant ce temps M. Apogée, en caleçons, riait
avec une telle véhémence, qu'entrant en faiblesse,
il se laissa dévaler parmi les branchages, et tomba, riant toujours, dans le terreau, où il resta
moulé comme un bronze dans du plâtre frais.

C'est là que madame Apogée, en peignoir, retrouva son mari en caleçons, qu'elle fit aussitôt
transporter dans sa chambre et attacher sur son
fauteuil. La chute et la fraîcheur du terreau ayant
produit une révolution dans le sang, il revint
bientôt à la raison, en même temps que son rire se
changeait en une tristesse amère et profonde. In-
sensible à tout, il ne pouvait que dire avec un lu-

gubre accent : Ah ! mon astre! mon astre! Madame Apogée lui fit aussitôt avaler des boissons
chaudes, pendant qu'on lui frictionnait le derrière avec un étui de lunette en peau de chagrin,
et que deux aides-chirurgiens lui appliquaient les
ventouses, tandis qu'un troisième lui ajustait,
d'autre part, un remède rafraîchissant. Ah! mon
astre! mon astre! disait-il. Et madame Apogée,
en peignoir, lui répétait chaque fois : Console-toi,
Salomon, il en viendra d'autres.

Tout-à-coup M. Apogée se leva en sursaut, ce
qui jeta par terre ses opérateurs, et dit : Bien; laissez-moi. Il se rendit ensuite à son bureau, où il
écrivit à tire de plume un mémoire de trois coudées, dans lequel il établissait jusqu'à l'évidence:

1° Que l'astre ayant un mouvement propre extraordinairement rapide (cent mille lieues par seconde), il n'était déja plus visible pour notre
terre.

2° Qu'ayant calculé la courbe, l'astre ne revien-
drait qu'après trois mille milliards d'années, l'orbite étant extraordinairement alongé.

Il lut ce mémoire à l'Institut, et voyant son
honneur à couvert pour trois mille millards d'années, il rentra chez lui frais, dispos, guéri et
comte.

FIN DU CINQUIÈME LIVRE.

Livre Sixième

ET DERNIER.

—

Où le Maire éprouve un moment d'affaissement moral. — Comment le Télescope aborde en Ginvernais, et Milord en Angleterre. — Les Commissaires sont repêchés, réclamés, interdits, et meurent jeunes d'une hypothèse rentrée. — Histoire des pommiers de la commune de Primebosse. — Du Télescope, de la mort aux rats, et de l'Evêque de Faribole. — De trois perruques crustacées. — Comment l'ame du Maire ploie sous le faix. — La force armée retrouve l'habit et tombe dans la fosse avec le Docteur. — Dénouement de cette histoire.

I.

Le Maire, après avoir pris congé de Milord et de Milady au bout du pont de Vireloup, avait repris la route de sa commune, après avoir acheté à crédit une main de papier timbré, pour verbaliser en temps et lieu. Mais ses pensées étaient extrêmement tristes.

Il cheminait pensif et tout en proie à une mélancolie sombre, songeant à tant de maux qu'il
avait éprouvés, et dont le pire était, pour lui,
Maire, de se trouver sans un seul administré. Il
essaya bien de dresser quelques procès-verbaux
fictifs, à l'occasion des objets qu'il rencontrait,
en particulier lorsqu'il repassa à l'endroit où gi-
sait Pierre Lantara; mais dans l'état d'annihila-
tion où il se trouvait réduit ses idées ne venaient
pas, et il n'y goûtait aucun charme. Il ne se
sentait plus cette abondance de considérans, ce
luxe d'articles de lois, ce parfum de légalité qui
s'exhalait jadis de toutes ses pensées, de tous ses
mouvemens, et pour ainsi dire de sa transpiration
même; en sorte qu'affaissé sous le poids de sa douleur, il lui venait à l'esprit des projets sinistres.

Un moment, il tomba moralement si bas,
qu'ayant ramassé le poignard de Lantara, il le
leva sur son sein, ayant soin de bien ouvrir sa
chemise, tant il était résolu de mourir. Puis tout-
à-coup il se ressouvint par habitude qu'il se devait à ses administrés; en sorte qu'il baissa de
nouveau le poignard, jusqu'à ce que s'étant sou-
venu aussi que désormais il n'avait plus d'administrés, il le leva de nouveau bien déterminé à
périr.

Au moment de se frapper, le Maire jeta un re-
gard autour de lui, et n'apercevant personne qui

pût soit le retenir, soit dresser le procès-verbal de
sa mort, soit remplir toutes les formalités légales
relatives à la succession et aux biens des mineurs,
soit apposer les scellés et constater le décès et
l'inhumation, il renonça à son projet, et reprit la
route de sa commune.

II.

CEPENDANT le télescope flottait toujours avec sa
cargaison turbulente. Milord, après avoir dit
douze fois aux trois commissaires : *Do you speak
english?* n'obtenant aucune réponse, était entré
en état de colère froide pendant une heure d'horloge : état d'où il ne sortait guère qu'en boxant.
Il se campa donc aussi bien qu'il le put, et commença, sur le corps des trois commissaires, un
roulement de coups de poings, excessivement
moelleux et nourri. Mais ceux-ci, accrochés les
uns aux autres par rapport à l'hypothèse, cherchaient à se dévisager sans seulement s'apercevoir
de ce nouvel incident. Milord, après avoir pris
cet exercice salutaire, s'arrêta soulagé, et entra
bientôt après en *humour* au sujet du débat qu'il
avait sous les yeux. Le docteur Festus, ayant
reconnu Milord pour le même personnage qui

l'avait rudement maltraité dans un autre endroit de son rêve, se tenait coi pour ne pas s'exposer à une nouvelle illusion du même genre.

Pendant ce temps, le télescope, poussé par un fort vent nord-ouest, avait rebroussé vers les côtes du Ginvernais, où il vint échouer sur la plage, comme une grande baleine qui aurait la gueule ouverte. Aussitôt Milord et Milady prirent terre, et le docteur Festus sortit ensuite, enjambant les trois commissaires qui étaient complètement entortillés dans l'hypothèse.

Milord reconnut aussitôt le docteur pour ce faux maire qui lui avait enlevé ses habits trois mois auparavant, et courut sus pour le boxer. Ce que voyant, le docteur se livra à une fuite effrénée, qui le conduisit vers un plant de pois-gourmands, où il se cacha pour attendre la nuit. Il commençait à s'inquiéter de la prolongation de son rêve, et se chatouillait les côtes pour se réveiller, mais sans grand succès. Milord l'ayant perdu de vue, revint vers Milady ; ils gagnèrent ensemble le port de Fustaye, en suivant la côte et se nourrissant, pendant cinq jours, de moules, d'huîtres et d'eau saumâtre ; et de là s'embarquèrent de nouveau pour leur patrie, où ils arrivèrent heureusement, jurant de ne jamais remettre les pieds sur le continent. C'est pour cela que Milord s'embarqua pour le Bengale où il mourut, fort âgé, d'un accès d'*humour,* en voyant des Brahmines se frotter saintement de bouse de vache. Milady, inconsolable, ne survécut qu'un an à son époux, étant morte d'un palanquin qui lui tomba sur la tête.

III.

LES trois commissaires, restés dans le télescope, avaient continué à se cribler mutuellement d'argumens *ad hominem*, sophistiquant contradictoirement de la langue, des pieds, des mains, du genou et du diaphragme ; toujours aux fins d'établir chacun leur hypotèse au détriment des deux hypothèses adverses. Heureusement une énorme vague ayant pris l'instrument en queue, le souleva de telle façon, qu'il vomit sur la plage les trois savans, qui, s'étant mis sur leurs pieds, s'éloignèrent en tournoyant, par le fait de leur amalgame turbulent et rotatoire. Sur leur passage s'envolaient effrayés les plongeons, les corneilles, les mouettes et autres oiseaux marins qui peuplaient ces solitudes ; et ils ne s'apercevaient pas que d'autre part les crabes leur pinçaient les mollets avec une tendresse inexprimable.

Guighard avait eu un moment du dessus ; mais Nébulard lui ayant inséré le pouce au coin de la bouche, tandis que de l'index il se cramponnait au creux de l'oreille gauche, Guignard, entravé de la parole et de l'ouïe, en avait perdu ses avantages. D'autre part Lunard, tenant à brasse corps Nébulard, lui aurait coupé le souffle par la pression des côtes, si Guignard à son tour ne lui eût appliqué la main sur la face, en telle sorte que ses cinq doigts s'y trouvaient logés : deux dans le coin de l'orbite oculaire, un dans la fossette parotide, le pouce sous la lèvre supérieure, et l'index dans la narine. Les avantages étaient donc toujours très balancés.

C'est dans cet état que les trois commissaires furent rattrapés par la marée montante, qui les retira dans le détroit, où ils eussent été infailliblement noyés, sans la chaleur de leur discussion sur l'hypothèse, laquelle produisant à leur insu des mouvemens éminemment natatoires, les soutint à la surface, où ils furent recueillis deux jours après par des pêcheurs de Rondeterre. Ceux-ci les prirent au filet, et les tirèrent à leur bateau; mais ils passèrent cinq heures d'horloge à les détortiller des mailles où ils s'étaient incorporés intimement, par suite de leurs débats intestinaux. Ils avaient les poches pleines de harengs saurets.

Les pêcheurs, ayant ramé vers la côte, y déposèrent les trois commissaires dans le village de Lowalls, où ils continuèrent leur discussion, effrayant les troupeaux, renversant les passans, et troublant le service divin ; d'où ils furent mis au violon pour tapage diurne et nocturne, puis de là rendus à la Société royale, qui les réclama et les fit séquestrer. Mais à la première occasion, ils s'élancèrent les uns sur les autres, et recommencèrent à s'empoigner sur l'hypothèse ; en telle sorte qu'ils furent interdits et mis aux petites maisons, où ils moururent, dans un âge peu avancé, d'une hypothèse rentrée.

IV.

D'AUTRE part, la commune de Primebosse, qui est près de la mer, en Ginvernais, voulait refaire son clocher, par rapport aux événemens politiques qui en demandaient un tout neuf ; car le gouvernement d'alors était très religieux, au rebours de celui d'auparavant, qui était très impie. Mais la commune de Primebosse avait grand peine ; car elle était pauvre pour s'être ruinée dans son procès avec celle de Loupgrand, au sujet des pommiers communaux, comme en voici l'histoire.

La commune de Primebosse avait ses pommiers communaux sur la lisière du roc de Milleraye,

lequel, taillé à pic, asseyait sa base dans la commune de Loupgrand, servant ainsi de séparation
entre les deux. De cette façon les pommiers étaient
dans l'une, mais les pommes tombaient dans l'autre; d'où vint le différend. Car ceux de Primebosse, greulant leurs arbres, faisaient tomber le
fruit; après quoi descendant le roc pour l'aller
prendre, volontiers ils ne le trouvaient plus; et
soupçonnaient fort ceux de Loupgrand de s'en
faire des beignets à l'huile. D'autre part ceux de
Loupgrand évitaient de parler beignets, mais se
plaignaient fort que ceux de Primebosse greulas-
sent le fruit sur leurs prés, à leur grand détriment,
disaient-ils, le foin étant cher, et les regains man-
qués. Ils s'en voulaient donc, et maintes fois se
querellant, ils en venaient aux coups: témoin
Jaques André, qu'ils laissèrent pour mort dans
un fossé, et ne se remit bien qu'au grand remède,
tenant une reinette entre les dents, et tournant le
dos au feu jusqu'à ce qu'elle fût cuite. Ce fut en
représailles de cette affaire que ceux de Primebosse volèrent quatorze moutons, et de leur roc
tuèrent deux ânes à coup de pierres; en représailles de quoi ceux de Loupgrand vinrent de nuit
et mirent le feu aux meules de Jaques André, puis
poursuivis, laissèrent trois des leurs sur la place.
Sur quoi, le lendemain ils revinrent en nombre, et
tuèrent le bouvier de Jaques André qui voulait

défendre ses vaches; après quoi ils saccagèrent les
vignes, et enlevèrent onze cochons, dont deux
truies pleines, et la jument de Pierre avec son
poulain qui la voulut suivre. Ces querelles durèrent neuf ans, au bout desquels ils convinrent
qu'on s'en remettrait à la Justice, pour en finir.

La Justice fit le procès-verbal des pommiers, et
exhuma tous les actes y relatifs, dont plusieurs
dataient du temps de la reine Berthe. Elle revisa
tous les papiers des archives des deux communes,
et fit comparoir tous les grands-pères et anciens,
pour témoigner. Toutes ces choses durèrent sept
ans, pendant lesquels les deux communes ali-
mentèrent la Justice par part égale, s'imposant
extraordinairement pour ce fait, au point qu'elles
s'endettaient à vue d'œil.

Au bout des sept années, la Justice déclara que
les pommiers appartenaient à ceux de Primebosse, et les pommes aussi; mais considérant que
si d'une part, ceux de Loupgrand n'avaient aucun droit de manger les pommes susdites, d'autre
part, ceux de Primebosse n'avaient aucun droit
d'aller les prendre sur le pré de ceux de Loupgrand; elle conclut en se les adjugeant à perpétuité, pour les frais de la procédure.

V.

C'est par le fait des dépenses de ce procès, que
la commune de Primebosse ne pouvait refaire
son clocher sans s'endetter. Il est vrai que le conseil municipal avait été d'avis qu'on vendrait les
cloches pour y suffire, mais bien des gens pen-
saient que c'était un mauvais commencement pour
un clocher.

Ils en étaient là lorsque Jaques André, le même
que nous avons dit, menant baigner ses bêtes à
la mer, vit le télescope qui lui ouvrait la gueule,
et s'enfuit à toutes jambes, croyant que ce fût le
grand cachalot du Malabar. Sur quoi, ayant porté
l'épouvante à la commune, ils battirent la géné-
rale, et vinrent en armes au rivage, où, voyant de
loin la bête, ils lui tirèrent dessus durant neuf
heures d'horloge, attendant qu'elle fermât la
gueule pour s'en approcher sans risque. Comme
ils n'avançaient rien, quatre allèrent à deux lieues
de là pour s'embarquer sans être vus du monstre;
puis, faisant un grand contour, ils vinrent l'examiner par derrière, et ayant reconnu que ce n'é-
tait pas un poisson, ils s'écrièrent : Miracle ! miracle ! c'est un clocher ! Alors la commune appro-

cha sans crainte, le curé en tête, qui prit pos-
session au nom de l'Eglise.

Aussitôt ils le mirent à sec, et ils se placèrent
derrière pour le rouler au village, formé d'une
seule rue, terminée aux deux extrémités par
une porte. Mais arrivés là, ils trouvèrent une
difficulté insurmontable. Ils avaient beau pousser de toutes leurs forces, le télescope ayant quarante pieds de long, ne pouvait entrer par la
porte qui en avait six de large, comme leur fit
observer Renaud le municipal, qui y réfléchissait
depuis un bon moment, les bras croisés.

Pendant que trempés de sueur ils s'essuyaient le
front et buvaient un coup, le Conseil municipal
s'alla assembler dans la grand'chambre de la
maison commune, pour aviser aux moyens. Les
uns étaient d'avis qu'on le laissât là, où on en ferait une auge pour les bestiaux; les autres disaient
qu'il fallait en faire du bois, et ménager d'autant
la coupe communale; quelques-uns inclinaient à
en faire une grande trappe à renards, pour y
prendre ceux qui venaient la nuit au village. Ils
démontraient qu'en y tenant toujours poules,
renards y seraient toujours pris.

A la fin, Renaud leur dit : M'est avis que vous
raisonnez à gauche; c'est un clocher et rien d'autre: or d'une auge vous ne feriez pas un clocher;
ainsi ne faut-il pas faire le rebours. Un chat est

un chat; chaque chose à sa place et puis ça va;
avec de l'eau on ne fait pas du vin rouge, et Cha-
peron se noya qui voulut faire un bateau de sa
cuve, comme vous savez tous. Je vois un moyen :
entrons-le de long; m'est avis qu'il passera. Je
parierais qu'il passera.

Mais Prélaz, qui en voulait à Renaud par rapport à sa rigole dont il lui avait détourné partie,
avec permission du Maire qui était son cousin, se
prit à dire : Moi je parie que non; il n'y a qu'un
moyen : c'est d'abattre six toises de mur, et vous
verrez s'il ne passe pas. N'écoutez pas Renaud,
il n'a plus la tête, témoin sa vache.

Renaud fut attéré par ce dernier mot, qui lui
donna décidément du dessous dans le Conseil municipal. En effet, quelques mois auparavant,
voyant l'herbe qui avait crû sur son toit, il s'était
dit : Faut que j'y monte ma vache. Trois jours
après il mit une corde au cou de sa bête, et se faisant aider de Joseph son neveu, et de Perrache
son filleul, ils hissèrent la vache sur le toit. Et
voyant qu'elle tirait la langue, crurent que c'é-
tait de faim et appétit herbivore, et hissaient
toujours plus fort, si bien que la bête arriva
morte au faîte. C'est ce malheur que l'autre rappelait méchamment, par rapport à sa rigole.
Aussi tout le Conseil municipal vota contre Renaud, et se rendant sur les lieux, ils firent abattre

six toises de mur, au grand désappointement de
Renaud, qui regardait faire, la figure jaune comme
un coing, et longue d'une aune.

Le clocher entré, ceux de Primebosse le hissèrent sur leur église, et mirent au bout un beau
coq en fer-blanc, à grande queue, laquelle queue
figure leur girouette. C'est pourquoi, la queue
étant fixe, ceux de Primebosse disent que depuis
leur nouveau clocher, le vent n'a pas changé, et
ils mènent les étrangers voir leur girouette du
monticule de Penay, qui est la place d'où elle se
voit le mieux.

C'est ainsi que finit le beau télescope de Guignard, lequel a encore un miracle dont les gens de
l'endroit font grand cas, et le curé s'en fait gloire.
Aussitôt qu'on sonne vêpres, l'angelus ou matines,
la vibration fait sortir la mort-aux-rats, de façon
que les fidèles qui sont au chœur éternuent tant
que le batail est en branle; d'où ils croient que
cela tient au batail, et ont refusé jusqu'à vingt
mille écus patagons qu'offrait l'évêque de Faribole,
pour avoir ce miracle dans son diocèse.

VI.

CEPENDANT les pêcheurs qui avaient repêché les
commissaires, revinrent à quelques jours de là

jeter leurs filets dans le même endroit. Au second
coup, les filets amenèrent les trois perruques satellites, que les pêcheurs mirent aussitôt dans un
panier à part, pour les porter au maire de leur
village, et lui demander ce que ça pouvait bien
valoir.

Le maire leur dit que c'étaient des bêtes d'eau
salée, et qu'il y avait quelque chose à gagner ; mais
il ne leur en offrit rien, les invitant à aller trouver
Prévot, l'écrivain public, lequel avait des connaissances dans la marine (désignant par-là l'Ichthyo-
logie).

Prévot, l'écrivain public, leur dit que c'étaient
des fausses couches de baleine, leur assurant que
ça ne vaut rien à manger, par rapport à ce que ça
n'a pas eu son excroissance, et qu'on ne mange le
veau qu'après huit mois. Du reste, pour trois sous
qu'il leur fit payer, il leur écrivit une lettre pour
Favras, le botaniste, qui demeurait à huit lieues
de là.

Favras, le botaniste, leur dit que c'était une
pulpe filamenteuse qui avait recouvert une noix
du Micicispi, et leur en offrit deux écus patagons.
Les pêcheurs firent la pache, et allèrent au cabaret, où ils s'enivrèrent, pour avoir eu trop d'argent sur eux ; en sorte que le soir, s'en retournant,
ils tombèrent dans un puits, et périrent d'eau et
de vin.

Favras, le botaniste, partit pour Mirliflis dès le lendemain, et alla droit à M. Dubalay, conservateur en chef des musées royaux, lui disant tenir sa pulpe d'un capitaine de vaisseau, qui la tenait du Caraïbe même qui avait mangé la noix; sur quoi M. Dubalay lui donna douze écus patagons de chacune; puis, les ayant examinées de près, il trouva que Favras était une bête, et que c'étaient au contraire trois magnifiques crustacés non encore décrits. Il fit aussitôt un mémoire de deux coudées, qu'il lut à l'Institut, et reçut la croix d'honneur; après quoi il conseilla au Musée d'acheter cette rareté pour mille écus patagons la pièce, et le Musée, qui était bonhomme comme un Musée, la lui acheta au comptant. Tel fut le sort des trois perruques.

VII.

Nous avons laissé le Maire cheminant vers sa commune, la tristesse dans l'âme, et pas un texte de loi dans le cœur. Il y était arrivé au bout de cinq jours, et là, s'étant convaincu par ses propres yeux qu'il ne lui restait pas un seul administré, il s'assit sur une auge, et pleura de la bile pure, qui, tombant sur sa chemise, la jaunit amèrement.

Comme il arrive dans les grandes afflictions, la force d'âme du Maire vint à ployer sous le faix et il se démoralisa, perdant toute dignité, et cherchant à se distraire de ses maux dans un tourbillon de plaisirs. D'abord il se livra à la danse, et se donna à lui-même un grand bal dans la grande salle de l'Hôtel-de-Ville, ayant pris les rafraîchissements dans la boutique de Frelay, l'oncle, qui vendait de l'anisette et du pain d'épice. De cette manière le Maire s'étourdit dans les fêtes qui durèrent huit jours : dansant sans cesse et ne s'épargnant aucun rafraîchissement.

Ensuite il se livra à la boisson, s'étant établi dans le cabaret de Roset, au grand pressoir, où il mit tous les tonneaux en perce, et but aussi du bouché; de façon qu'il chancelait par la rue, tombant sur les bornes, s'acculant aux murailles, se choquant aux tomberaux, et du derrière enfonçant les pavés. Cela dura trois semaines pleines.

Ensuite le Maire se livra à l'extrême dévotion, se faisant ermite dans le fond d'une tonne défoncée, où il se macérait la chair : s'arrachant les cheveux, se laissant croître la barbe, et se fustigeant d'un trousseau de clés, par trois fois le jour. Et il fit ce train de vie un bon mois entier.

Ensuite le Maire s'amollit, se traitant au vin chaud et aux pigeons en sauce, s'habillant de ouate fine, et dormant sous l'édredon, de neuf heures du

soir à deux heures après midi ; se mettant alors
des papillotes et se graissant de pommade au jas-
min, pour aller s'étendre sous l'ombrage efféminé
des platanes. Et il suivit cette méthode durant
neuf jours.

Ensuite le Maire se livra à l'amour des riches-
ses, et prévariqua dans l'exercice de ses fonctions :
appelant à lui des causes fictives au sujet des meu-
bles et immeubles de sa commune, et s'adjugeant
à tout bout de champ les propriétés de ses administrés, tant par prescription que par défaut. Cela
dura quinze jours.

Enfin, le Maire, toujours plus démoralisé, et
s'ennuyant de posséder toute sa commune immo-
bilière, mit le feu à trois granges, après avoir ma-
lignement jeté la pompe à feu dans un puits ; après
quoi il alla hypocritement sonner le tocsin pendant trois jours consécutifs, et enfin, au bruit de
la cloche, revint à la raison ; d'où il fut sur le
point de perdre l'esprit, tant il eut de repentir
d'avoir ainsi profané son caractère. Aussi, s'étant
choisi une cave en façon de catacombe, il y passa
quinze jours dans la douleur, puis, s'étant levé, il
alla prendre une bèche et se dirigea sur la grande
route.

VIII.

ARRIVÉ sur la grande route, le Maire s'y choisit
un espace bien au milieu ; puis il se mit à creuser
une fosse de sept pieds de profondeur, sur cinq de
largeur. Quand elle fut creusée, il déblaya le terreau
qu'il porta sur son champ, n'en gardant que juste
de quoi recouvrir légèrement un treillis d'osier
qu'il avait ajusté sur la fosse. Cela fait, le Maire
s'embusqua sur un arbre voisin, pour voir venir et
être tout prêt. Il voulait se procurer ainsi des administrés pour reconstituer sa commune.

IX.

NOUS avons laissé le docteur Festus caché dans
son plant de pois, où, tout en attendant que Milord
se fût éloigné, il s'étonnait de la prolongation de
son rêve, et tâchait de se réveiller en se fustigeant
avec une des gaules du plant de pois. Quand la
nuit fut venue, il se remit en route ; mais bientôt,
croyant s'apercevoir qu'il était poursuivi par deux

hommes armés, il prit la fuite, faisant trois lieues
à l'heure, ce qui dura trois jours.

Ces deux hommes n'étaient autres que Blême
et Rouget, cette force armée que nous avons laissée au moment où elle se défichait de l'estomac
de Jean Baune, le repris de justice. Dès lors elle
n'avait pas cessé de continuer sa marche indisci-
plinée, jusqu'à ce qu'ayant flairé l'habit, que le
docteur Festus avait toujours sur son dos, elle
s'était rapprochée instinctivement du plant de
pois, d'où elle venait de débusquer le docteur.

Au troisième jour, le docteur Festus vint tomber
dans la fosse du Maire, et bientôt après, la force
armée. Le Maire, voyant que d'un seul coup il
avait attrapé un administré et une force armée,
passa d'une tristesse sombre à une extrême joie,
mais ayant voulu faire un saut de joie, il tomba de
son arbre, et roula dans sa propre fosse ; car il
était peu heureux dans ses entreprises.

La première chose que fit le Maire, ce fut de
sommer le docteur de lui rendre son habit. Celui-
ci, qui se voyait pris dans un cul de basse-fosse, et
cerné par trois individus qu'il jugeait devoir être
des brigands de la bande de Jean Baune, se laissa
dépouiller sans résistance, ne gardant que sa vie
et sa chemise. Puis, pendant que le Maire se bais-
sait pour mettre ses bottes, il lui posa le pied sur
l'échine, et d'un bond s'élança hors de la fosse, en

trouvant que son rêve prenait une meilleure tour-
nure.

X.

C'est ainsi que le Maire retrouva son habit et sa
force armée, qu'il fit manœuvrer dans la fosse
même pendant douze heures d'horloge, tant il
avait besoin de se dédommager de ses longues
privations. Après quoi il déplora amèrement la
perte de son administré, ce qui le privait de l'élé-
ment le plus essentiel d'une commune. Puis, réfléchissant qu'également avec trois célibataires sa
commune aurait eu bien peu de chances d'accrois-
sement et de durée, il prit le parti de se vouer à
la carrière militaire, et il sortit de la fosse, aidé de
ses deux soldats, qu'il aida ensuite à s'en sortir
eux-mêmes. Cela fait, ils partirent en marquant
le pas.

Le Maire continua trois années encore à par-
courir le pays à la tête de ses forces, exerçant con-
tinuellement ses soldats, leur faisant porter des
fardeaux, creuser des fossés, jeter des ponts, coucher à la belle étoile, et marchant toujours à leur
tête, le chef nu, comme Trajan, car il avait perdu
son chapeau. Et il serait mort dans un âge très-

avancé, sans sa grande manœuvre normale, dans
laquelle, après neuf heures de marches et de con-
tre-marches en marquant le pas, il commanda
tout-à-coup le pas de course au bord du grand
canal; de façon qu'ils y tombèrent tous les trois.
Le Maire continua de commander sous l'eau, buvant vingt pintes à chaque exclamation, en sorte
que, huit jours après, on le retrouva aussi ballonné
que la grande tonne de Heidelberg. La force armée
était morte l'arme au bras, tenant l'habit avec les
dents, et ils furent ainsi enterrés sous les peupliers
qui font face au roc de Mortaise.

Thomas, dit *le Fauve,* m'a raconté qu'un jour,
creusant par là à la poursuite d'une taupe qu'il
guettait depuis quinze mois, il découvrit trois
squelettes, et fut frappé de voir que deux de chaque côté, présentaient armes à celui du milieu,
ayant chacun un bouton d'habit serré entre les os
de la mâchoire; et qu'ayant voulu les déranger,
ils se replaçaient toujours de même, ainsi qu'un
bâton flottant sur lequel on presse, se relève dès
qu'on cesse de le presser. Ce que je rapporte, parce
que Thomas me l'a dit, mais sans le certifier véritable, comme je certifie le reste de cette histoire.

XI.

CEPENDANT le docteur Festus, parti de la fosse,
s'était mis à courir droit devant lui, jusqu'à ce
qu'étant arrivé le soir de ce jour dans le village
désert de Brinvigiers, il s'arrêta tout-à-coup pour
tomber à la renverse de surprise. C'est qu'il venait
d'apercevoir, à la clarté de la lune, un lion d'or
qui brillait sur une enseigne.

Nous avons vu en effet qu'à l'époque de son sé-
jour dans le comble d'un moulin à vent, le docteur, après s'être débarrassé non sans peine d'un
dilemme captieux sur lequel basculait son entendement, avait fini par s'équilibrer sur cette con-
clusion-ci, que, couché au n° 8, à l'hôtellerie du
Lion-d'Or, il rêvait sagement dans son lit en attendant l'aurore aux doigts de rose ; et c'est bien
à cause de cela que plus rien ne l'avait étonné
dans le cours de son surprenant voyage. Mais en
se voyant ce soir-là replacé en face de cette même
hôtellerie dans laquelle il s'était tenu pour couché,
endormi, et rêvant en attendant l'aurore aux doigts
de rose, sa conclusion lui manqua tout-à-coup sous
les pieds, il perdit l'équilibre et tomba sur le dos.

Alors doutant plus que jamais de son sens intime,
et repassant par toutes les phases de l'idéalisme le
plus effréné, le docteur enveloppa dans une même
et absolue négation, substance, matière, univers
extérieur, hôtellerie, Lion-d'Or, et jusqu'à cette
voie publique sur laquelle il demeurait étendu.
Surpris ensuite par le sommeil, il s'endormit sur
place, passant ainsi, d'une veille qui lui avait sem-
blé un rêve, à un rêve qui ne lui semblait pas une
veille, ce qui était bien peu propre à retirer son
esprit des espaces diaphanes et incolores, au sein
desquels il tournoyait en décrivant une spirale
sans commencement et sans terme. Après avoir
dormi sans s'en douter, il se réveilla sans s'en
apercevoir, pour reprendre sa route sans y songer ; jusqu'à ce qu'ayant vu en face de lui un mulet attaché par la queue à un saule, il ne put s'empêcher de le reconnaître pour le sien propre.

XII.

EFFECTIVEMENT le mulet du docteur, que nous
avons laissé dans le bois, abandonné par Milady,
s'était infiniment complu dans ces verdoyantes so-

litudes, et, rien qu'avec de l'herbe fraîche et de
l'eau claire, il s'y était fait une existence à son gré,
évitant les humains et ne souffrant l'approche d'aucun sans lui ruer au nez, défaut qu'il tenait de sa
mère.

Après quatre mois et demi de cette bonne vie,
le mulet s'était décidé à faire une excursion du
côté de la grande route : son dessein était de s'y vau-
trer dans la poussière, plaisir dont il était privé
depuis longtemps. C'est là qu'il avait été vu, le
matin même de ce jour, par Jean Pécot, qui, voulant s'emparer de cette bête sans maître, lui avait
lancé un grand nœud coulant. Mais tout en
visant à la tête, il avait attrapé la queue, et c'était
pour se donner le temps d'aller quérir des aides,
qu'il venait d'amarrer le bout de sa corde au tronc
d'un saule noueux.

Le docteur ayant reconnu son mulet lui sauta
sur le dos, au moment même où Jean Pécot, arrivant avec quatre aides, le prenait de loin pour un
larron qui voulait lui disputer sa proie. Aussi, tout
en accourant, Jean Pécot se mit à hurler d'affreux
jurons, les quatre aides se mirent à lancer des pierres, et le mulet, épouvanté par ces gens, donna un
coup de reins si terrible, que le saule, déraciné,
suivit la corde : balayant la route, comblant les or-
nières, et amassant devant lui un tas de fientes
bovines et chevalines haut de trois coudées. A la

fin la corde rompit, et le mulet dégagé galopa d'une telle vitesse, qu'au bout de deux heures d'horloge; le docteur vit, à quelques portées de fusil en avant de lui, l'avenue de sa propriété et les girouettes de sa maison.

XIII.

PENDANT que le docteur apercevait sans s'en apercevoir les girouettes de sa maison, le mulet, de son côté, venait d'entrevoir, au beau milieu d'une pelouse fleurie, l'âne de Provence son père, et la haute jument poulinière sa mère, qui paissaient en liberté. A ce spectacle, il fit une telle pétarade de joie, que le docteur, après avoir tourné sur lui-même cent soixante-neuf fois, se trouva lancé à une hauteur de vingt-huit coudées. A la vingt-septième coudée, il avait perdu connaissance, mais en retombant, il rasa la branche maîtresse d'un noyer de douze ans, où sa chemise s'étant par bonheur accrochée, il demeura suspendu, après avoir oscillé longtemps, par le fait de l'élasticité de la branche. Quand il n'oscilla plus du tout, des corbeaux, qui s'étaient enfuis au moment de la chute,

revinrent en foule, et s'étant perchés sur les branches voisines, ils ressemblaient à une société
d'hommes graves, qui préludent à un grand ban-
quet, en savourant des yeux le mets principal.

Cependant Antoine, le fermier du docteur, et son
fils Bénedict, qui faisaient leurs semailles de l'autre côté de la haie, entendant l'âne de Provence
braire plus mélodieusement que de coutume,
tournèrent la tête, et ils virent les trois bêtes chevalines jouant, ruant, pétaradant à qui mieux
mieux; en particulier le mulet, qu'ils reconnurent
tout de suite, malgré la corde de Pécot qui lui pendait à la queue. Alors, inquiets de le voir ainsi revenir au logis sans y rapporter son maître, ils
quittèrent leurs semailles, et ils s'en allaient à travers champs du côté de la grande route, comme
pour s'assurer par leurs propres yeux si le docteur
n'arrivait point à la suite de sa monture, lorsqu'ils
le virent qui pendait à la branche maîtresse du
noyer de douze ans. Aussitôt, montant sur l'arbre,
ils décrochèrent le docteur avec précaution, et ils
le descendirent à terre; puis, après s'être assurés
qu'il respirait encore, ils le transportèrent au logis, où ils bassinèrent son lit, le placèrent dedans,
et attendirent qu'il plût au bon Dieu de le rappe-
ler à la parole et au mouvement.

Le docteur Festus revint à lui dès cette nuit
même, vers une heure du matin, mais ce fut pour

tomber immédiatement dans un profond sommeil,
qui dura vingt jours et vingt nuits consécutifs, car
il avait grand besoin de repos. Durant ce sommeil, il rêva par deux fois toute l'histoire baby-
lonienne, sept cents généalogies polyglottes et
synchronistiques, quatre-vingts thèses insoutena-
bles et néanmoins démontrées, trente-six possi-
bilités philosophiques, huit cosmogonies et des
lieux intrinsèques et extrinsèques par centaines.
Mais à la fin, ayant rêvé que, monté sur la bi-
che de Sertorius et armé de l'épée de Charlemagne, il pourfendait un alchimiste barbu, armé
d'une cornue massive et monté sur un in-folio
bucéphalique, il se réveilla en sursaut, juste au
moment où l'aurore aux doigts de rose répandait
ses timides clartés sur les coteaux baignés de ro-
sée, et sur les pommiers chevelus du paisible
verger.

Le docteur Festus, en voyant à son réveil le
verger, son cabinet, son lit, ses livres et toutes
choses dans l'état où il les avait laissées cinq mois
auparavant en s'allant coucher, eut enfin la preu-
ve palpable qu'il avait réellement rêvé, dans les
moments même où il avait le plus douté qu'il rê-
vât. Aussi, rafraîchi par le sommeil, et définiti-
vement délivré de son dilemme captieux, il se
leva parfaitement dispos, fit seller son mulet, et

partit le matin même pour le voyage d'instruction
qu'il pensait n'avoir pas accompli.

S'il y a lieu, et si le Ciel nous conserve vie et
santé, nous raconterons quelque jour les choses
qui advinrent au Docteur dans ce second voyage.

FIN.

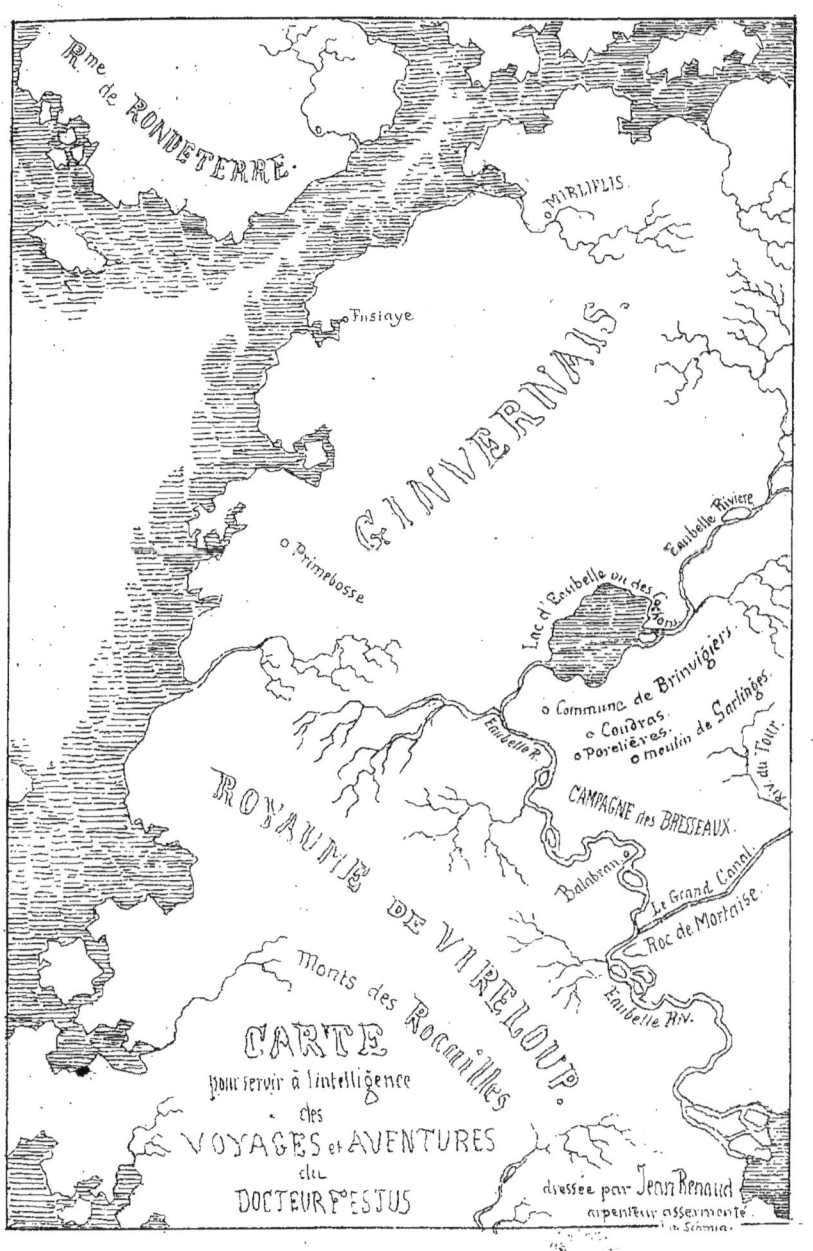

R^{ne} de RONDETERRE.

MIRLIFLIS.

Fusiaye

GINVERNAIS

o Primebosse

Eaubelle Rivière

Lac d'Eaubelle ou des Cignons

o Commune de Brinvigiers.

Eaubelle R.

o Coudras.
o Porelières.
o moulin de Sarlingés.

Riv. du Tour.

CAMPAGNE des BRESSEAUX.

ROYAUME DE VIRELOUP

Balabrau

Le Grand Canal.

Roc de Mortaise.

Eaubelle Riv.

Monts des Rocailles.

CARTE
pour servir à l'intelligence
des
VOYAGES et AVENTURES
du
DOCTEUR F° ESTUS

dressée par Jean Renaud
arpenteur assermenté
...

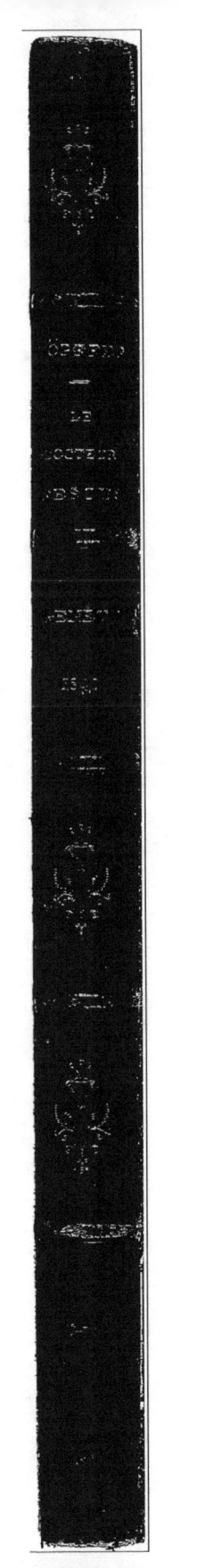